COLLECTION FOLIO

Dominique Barbéris

Quelque chose à cacher

et un paysage à parcourir, pour Camille, avec amitié. À [illegible], ce 27 avril 2024

Dominique Barbéris

Gallimard

Dominique Barbéris enseigne la stylistique et anime des ateliers d'écriture à la Sorbonne. Elle a déjà publié aux Éditions Gallimard quatre romans, *L'heure exquise, Le temps des dieux, Les kangourous,* porté à l'écran en 2005 par Anne Fontaine sous le titre *Entre ses mains, Quelque chose à cacher,* récompensé par le prix des Deux Magots 2008, et un recueil de nouvelles, *Ce qui s'enfuit.*

Pour Marie-Christine Cormier-Salem

I

1

J'ai pris le chemin entre les murs et je suis descendu jusqu'au fleuve. Je réfléchissais. Depuis deux mois, j'ai beaucoup réfléchi. J'ai du temps quand je peins. La grange qui me sert d'atelier est silencieuse, mis à part le bruit des oiseaux qui déplacent des brindilles sur le tas de bois, et le ronflement d'un vieux poêle que j'ai acheté d'occasion et qui n'arrive pas à chauffer toute l'enceinte. Personne ne passe dans ce coin à l'écart ; il n'avait pas bonne réputation autrefois ; il y avait d'anciennes caves, qui sont maintenant abandonnées. C'est très humide. Pour le trouver, il faut marcher longtemps, et le chemin devient de plus en plus sauvage. Cela ne me dérange pas. J'aime être seul quand je travaille. J'ai l'esprit plus tranquille depuis qu'un homme a été arrêté. Dans un coin comme ici, il y a beaucoup de ragots ; il faut que quelqu'un soit arrêté, sinon des doutes subsistent ; tout le monde se soupçonne et ce n'est pas tenable. Le problème, c'est que l'homme a essayé de se pendre lors de la première nuit qu'il a passée au poste. Il paraît qu'il est, depuis, dans le coma. Massonneau dit que son geste doit être interprété comme la réaction d'un coupable. Il y voit la confirmation de sa théorie. Mais tout le monde n'a pas cette analyse et je sais bien que l'interprétation contraire est défendable. Certains désespérés n'ont que ce moyen de faire reconnaître leur innocence. Et c'est, bien sûr, la thèse de l'avocat.

Je ne sais pas, d'ailleurs, ce que Massonneau appelle la réaction d'un coupable. Mais je sais que quand les gendarmes avaient sonné chez lui, au bout de deux mois environ, l'homme n'avait opposé aucune résistance : « Il jouait la comédie, m'avait dit Massonneau. Pour sa femme. Pour la galerie. Mais pour moi, c'était clair. Il avait quelque chose de faux dans le regard. Ce n'est pas aux vieux singes qu'on apprend à faire des grimaces. »

J'avais souri pour montrer que j'appréciais l'image. Massonneau parle souvent par aphorismes et je m'en méfie parce que, précisément, le sens de ses aphorismes m'échappe. Il est enveloppé d'images et de couleurs qui en dissimulent le contenu. Ce qu'il m'a raconté, après, corroborait ce que j'avais appris.

Ils étaient arrivés à six heures du matin, deux fourgonnettes de gendarmes ; ils avaient encerclé la maison. C'était à la fin de décembre, et je peux me représenter la nuit (à six heures du matin, en décembre, le jour est encore loin). J'imagine tout : les rues éteintes, le brouillard, l'odeur de terre et de feuilles mortes, celle, plus acide, des clôtures de thuyas mouillés. C'est l'odeur de l'hiver ici. Je l'ai retrouvée quand je suis revenu m'installer à N.

Personne de levé, même si, dans le coin, on est plutôt matinal. C'est la province. Les nuages à peine soulevés sur l'horizon. Le train de six heures que les hommes ont entendu passer et qui a donné le signal. Quelques camions sur l'autoroute de l'autre côté de la Loire, les premiers, ceux qui remontent du Sud, quelquefois même d'Espagne, et qui partent avant le lever du soleil.

Souvent, j'essaie d'imaginer cet homme, ce qu'il sentait quand ils l'ont emmené entre plusieurs gendarmes, ce que j'aurais senti, moi, à sa place. Je ne le connais pas. Au moment de l'arrestation, ils n'ont montré aucune image. Je ne sais pas non plus ce que pensaient les hommes de la brigade, mais je crois qu'ils entouraient la villa, attentifs et précis, aux aguets, comme on l'est par un matin de chasse.

C'était dans un quartier résidentiel, comme il s'en est construit depuis quelques années, au sud de N : des terrains de viabilisation récente, un lotissement de standing avec vue sur le fleuve — ici, tout ce qui a vue sur le fleuve est plus cher —, de grandes maisons cossues avec des baies vitrées sur le modèle américain, sans aucun style, des barbecues et des terrasses aménagées, des pelouses, des massifs arrangés par les pépiniéristes, des plantations de bouleaux et de conifères, ces arbres qui n'ont dans la région aucune justification botanique, qui correspondent à une idée purement théorique du jardin, telle que peuvent en avoir les gens qui viennent d'ailleurs.

Pour respecter la loi, ils avaient dû attendre, sonner quelques minutes après six heures. Au volant de la voiture qu'il avait garée dans une rue perpendiculaire, Massonneau surveillait l'écran de son téléphone portable. Il avait entendu le train passer. C'était lui qui avait donné le signal. Tout est affaire de procédure. « Ce qui importe, dans ces cas-là, m'avait-il dit, c'est de ne pas être attaquable. »

À six heures trente, c'était fini, adroitement mené, efficace, discret, avant que les fenêtres du quartier ne s'allument, le temps qu'une femme en robe de chambre, mal réveillée, la cafetière à la main, dise : « Tiens, les gendarmes ! »

« J'avoue que ce jour-là, j'ai été satisfait, m'avait dit Massonneau. Pour une fois qu'on avait la commission rogatoire ; on avait réussi à montrer ce qu'on sait faire. Vous étiez là comme moi. Vous saviez le climat qui régnait ici. Vous aviez été témoin de beaucoup de choses. Je vous soupçonne d'ailleurs d'en avoir dit beaucoup moins que ce que vous saviez, et pour une raison qui m'échappe. » Puis il avait souri, et j'ai cru qu'il allait encore me servir une de ses formules qui n'ont l'air de rien, mais qui m'obligent, après, à réfléchir, parce qu'elles peuvent avoir plusieurs sens. Comme tous les solitaires, je me méfie des paroles. Il a dit simplement : « Quand on pense que c'était dans un mouchoir de poche ! »

C'était vrai. Tout s'était tenu dans un mouchoir, en quelque sorte sous nos yeux, et il aurait suffi de les garder ouverts. Il n'y a pas un kilomètre à vol d'oiseau entre le restaurant des Chaînes d'Or et la Boulaye. Et moi, je n'étais pas loin ; je sais beaucoup de ce qui s'est passé ce soir-là, ces gestes qui se sont enchaînés, que Massonneau a essayé de mettre en ordre, de composer comme les parties d'un tableau, entre le restaurant des Chaînes d'Or et les levées — c'est ainsi qu'on appelle chez nous ces longues digues sablonneuses qui bordent le cours de la Loire ; ce sont des terres indéfinies, inhabitées, qui dépendent entièrement du fleuve ; une sorte de no man's land.

*

Je me rappelle l'après-midi. C'était la veille de la Toussaint. Il pleuvait des cordes. Il était près de cinq heures et demie et le musée ferme à huit heures. En semaine, c'est une heure calme. Il n'y avait pas eu beaucoup de visiteurs. En général, quand je suis de surveillance, je lis, mais ce jour-là, à cause de la pluie, l'obscurité était un peu trop forte. J'attendais. Je crois que comme souvent, quand je n'ai rien à faire de spécial, pendant les moments de creux, je regardais la porte.

Je l'ai vue dès qu'elle est entrée, et tout de suite elle m'a rappelé quelqu'un : une grande femme brune, trop habillée pour le milieu de la journée, plutôt jolie. Elle était seule. Elle portait des escarpins à talons, certainement inconfortables, et ses cheveux étaient mouillés.

Il me semble qu'une odeur d'eau est entrée avec elle dans la salle. Comme presque tous les visiteurs, elle s'est dirigée vers le portrait de madame de Soigne. Elle l'a observé longuement. J'ai vu qu'elle admirait le velours de la robe. Comme le faux jour était gênant, elle s'est déplacée vers la droite, dans un angle où le verre ne renvoie pas de reflet, où la tête ressort bien, ovale et blanche sur le fond noir. J'ai vu nettement son profil. C'est alors que je l'ai reconnue. J'ai eu un choc. C'était la fille de la Boulaye. On ne la voyait pas souvent par ici, parce que depuis la mort de sa parente elle n'avait plus aucune famille, sinon peut-être des cousins. Je me souviens de m'être dit : curieux qu'elle vienne à cette saison. La maison n'est certainement pas chauffée et ce doit être assez sinistre. Je revoyais le parc, quasi à l'abandon, plein de jeunes chênes et de fougères trempées. Et je l'ai revue, trente ans plus tôt, quand elle passait à bicyclette. Elle arrivait pour les vacances de Pâques, et elle restait toute la durée de l'été. Elle suivait les cours de Stanislas, au dernier trimestre.

Pourquoi elle restait là, toujours seule, chez cette femme âgée qu'elle appelait « Ma tante », on ne l'a jamais vraiment su. La famille était compliquée. Les gens parlaient beaucoup. On avait raconté que son père travaillait en Afrique, que c'était la fille d'un consul, ou d'un ambassadeur. Pour nous, d'ailleurs, ça n'avait pas grand sens. Le mot « ambassadeur » était le nom d'une boisson sur une publicité. Mais tout le monde brodait sur ce canevas. Des gosses parlaient du fleuve Niger, de singes, de crocodiles ; d'autres, d'une maison remplie de masques, gardée par des hommes en armes, vaste comme un palais. Ces rumeurs circulaient surtout à la sortie de Stanislas. Elle laissait dire complaisamment. Elle ne démentait jamais rien.

Il y a des gens, dans une vie, qui symbolisent toute une époque. Pour moi, c'étaient mes quinze seize ans. Tous les dimanches, on s'en allait vers la centrale, sur les levées. Je me souviens des soirs interminables du printemps ; ça sentait la fleur blanche, le chaton de saule, la cigarette, la fumée des moteurs, le parfum bon marché. Les engins s'engageaient dans le chemin et ils dérapaient dans le coude ensablé qui descend vers le fleuve. Presque tous avaient été achetés au garage Boulard, celui qui est à la sortie de N. Depuis, il a été bien transformé. Ils ont construit un magasin. À l'époque, ce n'était qu'un hangar. Je revois encore le bâtiment qui sentait l'huile, sa coquille jaune à l'enseigne de la marque Shell, et le patron dans son bleu crasseux, couché sous un moteur à longueur de journée. Il y avait pas mal de trafic. Le garage écoulait un stock d'occasions. Des vieilleries plus ou moins bricolées, surtout le pot d'échappement.

Il faisait doux. À cinq heures, la Loire était pleine du reflet des longues îles ocre. Certaines sont très petites, nues comme le plat de la main, sèches comme des macarons, à peine un affleurement des fonds sableux. Sur la plus longue, il y a une prairie en terrasse, un bois, des saules têtards plantés de travers. Elle a l'air d'un vrai territoire, au large, intact et préservé. Son image dans l'eau est si pure qu'on la dirait posée sur un petit socle.

Simplement à la regarder, à cause de la largeur de l'horizon, on avait l'impression d'avoir fait un voyage, d'être allé loin. En réalité, on venait tous de N ou des environs. On était, la plupart, des classes techniques ou littéraires du lycée Stanislas ou du collège Edmond-Rostand.

Sans arrêt, de nouvelles mobylettes s'engageaient dans le chemin. À un endroit, un ru de sable descend vers ce qui pouvait passer pour une plage en contrebas d'un bois de jeunes peupliers.

C'était le point de ralliement. L'été, quand le soleil tapait, on mettait à l'eau deux vieilles barques qu'on dirigeait en s'accrochant aux herbes. Dans un coin comme ici, le dimanche, on n'a pas beaucoup de choses à faire. Tout est fermé, à part le café de la Halle. Les étés sont brûlants. Au milieu de l'après-midi, le thermomètre peut monter jusqu'à quarante.

Quand il faisait très chaud, il arrivait qu'on pousse en barque jusqu'à la plus grande île, mais c'était rare. Une des expéditions s'était mal terminée parce que des types fumaient et qu'ils avaient mis le feu aux broussailles.

Elle était là tous les dimanches, les cheveux dans le dos, toujours accompagnée d'un garçon, assise sur son porte-bagages. Quelquefois, c'était un cousin, mais plus souvent des fils de commerçants. Une fois même, le gars d'un cirque de passage. Un homme typé qui avait bien trente ans. Celui qui faisait de la voltige ou qui montrait un éléphant ; ça n'avait aucune importance. Ce qu'elle aimait, c'était changer et qu'on l'emmène danser, le soir, au Black and White. Elle avait dû traîner entre les baraquements ou se planter avec sa minijupe et ses yeux charbonneux devant une cage. Ici, il passe pas mal de forains. Ils suivent le fleuve. Ils arrivent aux changements de saison. Des aires sont installées pour eux à la sortie de presque tous les villages, la Loire laisse beaucoup de terrains vagues. Ils vont comme ça les pousse avec leurs animaux, leurs caravanes. Tout ce que je me rappelle, c'est que le type était assez âgé, maigre et grand, que je ne lui aurais pas confié mon portefeuille, et qu'il était resté tout l'après-midi avec nous, à fumer, sans parler, à regarder la Loire.

Je me suis dit : curieux qu'elle vienne *ici*, dans ce musée. Bien sûr, on a modernisé les salles, mais elle connaît certainement depuis longtemps la collection. Les musées n'étaient pas son genre. Plutôt traîner. Un garçon ou un autre. Le genre de type qu'elle choisissait pour la moto, qu'elle n'aurait seulement pas regardé six mois plus tard. Elle était belle, un peu bizarre ; ça suffisait à lui assurer des succès. Moi aussi, j'avais eu une histoire avec elle. On avait tous eu plus ou moins ce genre d'histoire. Elle devait avoir dix-sept ans ; j'en avais quinze. Et du jour au lendemain, elle vous laissait tomber sans une explication. Marie-Hélène, je me rappelais : Marie-Hélène.

Curieux aussi (je me suis dit) qu'elle soit seule. Je ne me souvenais plus de ce qu'on avait raconté. Elle s'était mariée à Paris, mais il y avait eu des rumeurs de séparation. Elle avait dû se lasser aussi de celui-là mais, après tout, ce n'était pas mon affaire. Les gens qui partent… Au début, on s'y intéresse ; on a une forme de curiosité. Après, la curiosité disparaît. Les sujets changent. À l'époque, j'avais eu d'autres chats à fouetter. Sur moi aussi, quand j'étais revenu de Paris, les gens posaient beaucoup de questions.

Je ne crois pas qu'elle m'ait reconnu. Plus de vingt ans qu'elle était partie. Et au musée je porte un uniforme.

Elle, elle avait l'air maintenant d'une bourgeoise en tailleur et souliers à talons. Mince et droite. Une femme de catalogue. Pas tout à fait les mêmes qu'avant, quand même, les catalogues. Je me le suis dit. C'était de bonne guerre. Je me suis dit qu'entre nous il y avait toujours eu de la distance. Une fille comme ça n'avait jamais été pour moi. Mais peut-être qu'elle n'avait jamais été pour personne. Une drôle de fille. Difficile de savoir ce qu'elle faisait de ses journées. Quelquefois, en pleine campagne, on repérait sa bicyclette jetée de travers, à même un champ, sans antivol ; et le soir, elle traversait N assez tard en revenant de chez la bibliothécaire. On repérait de loin le bruit de sa dynamo. C'était un vieux vélo que la tante lui prêtait, qui devait dater au moins de la guerre. Il n'y avait que des antiquités à la Boulaye. J'ai encore en mémoire le petit bruit asthmatique et grésillant de la dynamo, comme celui d'un insecte. Elle quittait la partie goudronnée du chemin à l'endroit où il se scinde en deux, passait le dernier réverbère.

On ne peut pas dire qu'elle nous regardait de haut, mais on sentait que sa vie était ailleurs, qu'il y avait l'Afrique, cette maison avec une terrasse.

À moi aussi, elle l'avait racontée. Tout le monde avait eu droit à sa version. Je soupçonne que ce n'était jamais la même mais il y avait toujours les mêmes ingrédients, supposés nous impressionner : la chaleur, les piscines, les cases du quartier résidentiel, les réceptions.

Le nom de la ville, il ne faut pas me le demander. Tout ce que je sais, c'est qu'elle était au bord d'un fleuve, et qu'au milieu, au centre de ce que la fille appelait le quartier des ambassades, dominant le fleuve et le port, il y avait le Grand Hôtel avec ses balcons de verre fumé et son bar luxueux, où des couples dansaient dès que la nuit était tombée, minutieusement, théâtralement, comme on ne le fait plus en Europe, ces anciennes danses de salon, des tangos et des valses ; ils pivotaient et trottinaient, l'homme avançant, la femme reculant à mesure, étroitement plaquée contre son torse. L'ombre des couples s'allongeait sur le balcon éclairé.

Elle les guettait, de sa terrasse sur le toit ; elle les voyait repartir et tourner. Elle disait que c'était un luxe insensé, que les ascenseurs du Grand Hôtel étaient « tapissés de serpent », que les hommes qui allaient danser là n'étaient pas très convenables, des hommes qui s'ennuyaient le soir, des militaires, des trafiquants ; et les femmes, elle ne savait pas, le samedi soir certaines venaient accompagnées de leurs maris, les autres soirs c'étaient des étrangères. J'imagine qu'il existait là-bas une de ces petites sociétés étroites et sans grand intérêt que favorise l'exil, qu'elle avait ses héros, ses scandales, un romanesque un peu usé, que tout cela avait dû prendre d'énormes proportions dans l'esprit d'une adolescente, mais bien sûr, il était impossible de dire si elle n'inventait pas ce qu'elle nous racontait. Comme cette terrasse sur la maison, où les boys mettaient le linge à sécher.

Le linge de tout un hôtel y aurait tenu tant il y avait de surface. Le soir, quand elle était là-haut, à regarder la nuit, elle entendait des voix, c'était ce qu'elle nous disait, des voix montant du bas des murs, les voix des hommes qui restaient dans la rue, des mendiants, les gardiens des propriétés blanches. Certains n'avaient pas d'autre endroit. Ils s'accroupissaient près des portes. Elle ne comprenait pas la langue. Quand il y avait de longues interruptions, elle croyait que les hommes s'étaient endormis, mais toujours les voix reprenaient. Elles étaient parfois très aiguës, comme s'il y avait une dispute.

Elle disait qu'il lui était arrivé, à elle aussi, de s'endormir, dehors, sur la terrasse, qu'il fallait se méfier des bêtes, mais que la nuit, là-bas, n'a rien à voir avec ce qu'on connaît ici — ce bruit quand la nuit tombe, les gens qui marchent dans l'obscurité, tous ces gens à pied dans les rues. Il y a si peu de lumières que quand on voit la ville après le coucher du soleil, elle semble à peine plus grosse qu'un village.

Elle nous disait que la chaleur ne baissait pas, que personne, là-bas, non plus, ne la surveillait, qu'elle faisait tout ce qu'elle voulait, que personne ne l'avait jamais surveillée, qu'elle était libre. Mais, libre, elle ne l'était pas plus que vous et moi ; et elle ne l'est pas, là, maintenant, où ils l'ont mise. Pas plus libre que nous, et pas plus libre que les arbres, quand ils perdent des poignées de feuilles.

« Pourquoi t'y restes pas, si c'est si bien, chez tes parents ? » lui demandaient des filles, hargneuses. Certaines disaient : « Ton père, c'est qui ? »

Elle ne répondait pas. Elle s'accroupissait sur la berge, l'air fermé, tordant une mèche de cheveux. Elle s'écartait du groupe et se mettait à lire, mais je me souviens qu'elle revenait lorsque Cyrille, le fils du pharmacien, jouait de la guitare. Je ne pense pas qu'elle accordait à ce que nous avions dit trop d'importance. Elle oubliait. Elle regardait la Loire, son front remuait en rythme.

Les teintes lilas du soir faisaient paraître plus noirs les arbres de l'île en face et la doublure qu'ils plongeaient dans le fleuve. Dans l'eau, ce n'étaient que des lignes que l'œil cherchait intuitivement à ajuster aux bois enchevêtrés et mal entretenus qui couvraient la surface, comme si nous avions toujours plus ou moins essayé de remettre le fleuve à l'endroit. Foutue jeunesse à remettre le fleuve à l'endroit ! (je me suis dit).

Cyrille est devenu kinésithérapeute, il a sa plaque dans la rue principale de N, je lui dis bonjour quand je le croise mais nous ne nous fréquentons plus, il jouait plutôt mal ; aucun de nous n'était bon guitariste. C'était surtout histoire de pincer les cordes. Des chansons de Moustaki, je me souviens, *Ma liberté, Avec ma gueule de métèque, de Juif errant, de pâtre grec*. Le fleuve brillait comme un détroit de lumière. Ceux qui s'étaient baignés se séchaient avec leur chemise. Par moments, un des membres du groupe se levait, s'étirait, reprenait sa bécane, on le regardait à peine parce que Cyrille continuait à jouer en sourdine ; on entendait le moteur sur la route ; il faisait déjà presque noir.

Quelquefois, quand j'entends une guitare, je me souviens précisément de ce que c'était, ces soirées au bord de la Loire. Quelque chose me revient, de précis, de perdu, juste comme c'était, l'humidité, les arbres sombres comme des buis, les moustiques qui nous piquaient le cou et les cuisses.

Les parents nous disaient : on se demande ce que vous fabriquez toujours sur la levée, le soir, c'est trop humide, c'est extrêmement malsain, vous n'irez pas vous plaindre. Et ils disaient aussi qu'on avait la belle vie, une jeunesse insouciante, pas du tout comme la leur, s'ils en avaient eu seulement le quart ! Pas de guerre et des choses dans les magasins, et aussi du temps devant nous. Mais c'était faux : on n'a pas tellement de temps dans une vie.

Je voyais la fille devant moi dans cette salle de musée, et c'était ce que je pensais : on a si peu de temps dans une vie. Un jour, on se regarde dans une glace, et on se dit : voilà voilà. On n'a même pas de mots pour le dire.

Je la voyais observer la peau blanche de madame de Soigne, ses épaules rondes, son décolleté couvert de tulle, son beau visage aux traits menus, le reflet épaissi que le peintre a représenté dans la glace.

Puis elle s'est déplacée devant un paysage de petit format intitulé *Tivoli, environs de Rome*. C'est une toile sans prétention datée de 1830, avec un encadrement de bois doré. La lumière y est extrêmement précise, le ciel bleu tramé de nuages, l'orientation du soleil soigneusement donnée par les ombres. Il y a des champs qui descendent en cuvette vers la trace brillante d'un cours d'eau ; il y a aussi des fabriques, une sorte de temple en rotonde, un berger qui joue de la flûte, dans un angle, et deux petits personnages nets comme ceux de Guardi, absorbés dans leur marche tranquille. C'est le soir. Tout cela est bien fait, peint avec âme, avec un amour profond du métier. On sent que ceux qui sont là se promènent parce que la chaleur est tombée. On sent aussi toutes ces choses d'un autre ordre, plus méditatif et plus triste, qui accompagnent les soirs d'été, ce petit pincement au cœur qui accompagne les soirs d'été.

Je me suis dit : les soirs d'été, et j'ai senti au cœur ce petit pincement particulier. Je la revoyais passer à bicyclette, avec ce bruit de la dynamo, son sifflement qu'on entendait très bien dans le silence presque complet de la route (rompu seulement par le bruit doux que produisaient certains oiseaux). Elle revenait de la bibliothèque. La bibliothécaire était la seule fille avec qui on l'ait vue se lier. Ou alors de l'une de ces foires qui s'installaient sur l'aire, qui parce qu'elles arrivaient en juin se baptisaient foires d'été, avec le même stand de tir à la carabine, le même circuit d'autos tamponneuses qui diffusait la même chanson de Dave, la reprise d'un standard américain dont je n'ai retenu que ces paroles : *Je me demande pourquoi ma vie ressemble à une terre brûlée.*

J'entendais la pluie résonner comme si une foule avait piétiné la verrière. Plus bas, le ruisseau de la gouttière faisait un son mat et nourri sur le seuil. Je pensais à l'été, à la bande que nous formions. Elle avait dû sortir aussi avec Cyrille. Je me souviens qu'un jour où il avait repéré sa bicyclette appuyée contre un porche, il avait dit entre ses dents : « Cette allumeuse », et quand un type utilise ce mot-là c'est qu'il a un compte à régler.

Soudain, j'ai eu envie de me lever et de dire à cette femme qui était devant moi, qui avait apporté dans le musée l'odeur de l'eau et de la terre humide : « Cyrille est devenu kinésithérapeute », parce que c'était la vérité. Parce que c'était ce que je pensais en la voyant là, tout à coup, trente ans après, miraculeusement ressuscitée. *Cyrille est devenu kinésithérapeute.* Je me serais levé de ma chaise, dans l'angle de la salle 4, là où des visiteurs vont me chercher pour me demander la salle du Marquet, ou les toilettes — c'est fou, dans une journée, comme il y a des gens qui cherchent les toilettes. Je me souviens très bien qu'une sorte de colère m'a pris. Je le lui aurais dit : voilà ce qu'on est devenus, nous, si tu veux savoir. Anita s'est mariée et elle a trois enfants qui sont à Stanislas. L'abbé Bureau est à la retraite. Ronan, qui voulait monter un groupe rock, a ouvert un commerce de meubles à la sortie d'Angers. Et moi, je suis revenu ici. Gardien de musée ; un petit travail d'archives, des conférences pour les touristes et les scolaires. Pas très brillant après des études aux Beaux-Arts. Si peu brillant que tu ne veux pas me reconnaître. Le fils du docteur Lagarde. Tu te souviens du docteur Lagarde. Tu es venue le trouver une fois, au moins une fois, le jour où tu étais tombée de bicyclette. Rappelle-toi, Marie-Hélène ! C'est moi qui t'ai ouvert. Quelquefois, mon père me demandait de faire entrer les patients quand il n'avait pas de secrétaire. Tu pleurais. Tu avais le genou en sang. Le type qui t'accompagnait ce jour-là n'avait pas eu un regard pour moi. Je ne l'avais jamais vu avant et j'aurais mis ma main au feu que celui-là ne venait pas de N. Il m'avait dit : « Elle est tombée. »

Je me souviens vous avoir précédés, avoir poussé la porte de la salle d'attente, à droite, en entrant dans le couloir. Elle était sombre. Quelle que soit l'heure, une lampe y était toujours allumée, et il y avait, collé sur un des murs, un mètre gradué avec des animaux pour mesurer les enfants. La plus haute graduation était la girafe. Il m'arrivait encore, par désœuvrement, de me plaquer contre ce mur pour voir de combien je dépassais la girafe.

Le type ne s'était pas assis. Il restait debout, tourné vers la fenêtre, visiblement mal à son aise. Tu pleurais. La seule fois où je t'ai vue pleurer, Marie-Hélène !

*

Ma colère est tombée d'un coup parce qu'elle s'est retournée et qu'elle n'avait pas l'air spécialement arrogante ; c'était même le contraire ; elle n'était plus la même. Elle avait un visage anxieux, fatigué que je ne lui avais jamais vu. La pluie roulait toujours violemment sur le toit. Je crois que ç'a été le plus fort de l'averse. Elle a eu l'air de l'écouter. Des gouttes rayaient de biais les hautes portes-fenêtres. On avait l'impression qu'elles n'arrêteraient jamais. De nouveaux filaments, troubles et gras, se formaient sans arrêt dans les angles et sinuaient à travers le carreau. Je me suis senti terriblement découragé. Les toiles accrochées sur le mur en face de moi, avec leur surface sèche, finement incisée par l'usure, me paraissaient de petits morceaux de réalité découpés, sans rapport avec rien, sans rapport avec ce qu'éveillait en moi cette femme vivante, sans rapport avec ce qui, dehors, ruisselait, agitait les massifs, les secouait dans la tempête.

J'ai pensé qu'elle était en déplacement pour affaires, une femme active, une avocate, la représentante des ressources humaines d'une entreprise parisienne, voilà ce que j'ai pensé, à cause de ce tailleur (je me souvenais que c'était une fille plutôt brillante). Je m'étais dit qu'elle avait eu un déjeuner, qu'elle était revenue dans le coin, qu'avant son train elle avait eu du temps à perdre. Exactement ce que je m'étais dit, je me souviens : *une femme qui a du temps à perdre*. Elle me tournait le dos, face à une nature morte qui représente une jatte de fraises. D'où j'étais, je pouvais l'entendre respirer. J'ai regardé ses jambes, elles étaient légèrement luisantes à cause de la matière soyeuse des bas, mais les chevilles étaient tachées par de la terre. Elle avait dû marcher un bon bout de temps au bord du fleuve, dans le chemin qui n'est pas goudronné, mais le moins qu'on puisse dire, c'est qu'elle n'était pas équipée. Elle portait de fines chaussures décolletées, à talons hauts, fermées par une simple lanière, d'élégants escarpins de cuir fin, inadaptés à cet après-midi boueux. À ce détail, j'ai eu la certitude que c'était elle.

Son regard a croisé le mien, mais elle n'a rien manifesté de plus que si j'avais été un meuble. J'ai regardé mes mains, posées sur mes genoux. Elles m'ont paru très longues. Deux objets étrangers. J'ai frotté l'une d'elles sur ma nuque. Puis je me suis levé et j'ai allumé la lumière.

Elle est sortie de la salle 4, et elle a dû passer dans le salon principal. Je ne me suis pas déplacé. Malgré moi, je continuais à guetter le bruit de ses talons sur le parquet. Je l'ai entendu décroître et s'alourdir quand elle a monté l'escalier. Les salles sont extrêmement sonores. Mon cœur battait. J'essayais de me raisonner. Je me disais : tu n'es plus un gosse. Quelques minutes après, un portable a sonné à l'étage supérieur. J'ai entendu des pas, un bruit de voix au-dessus de moi, et j'ai pensé que Christiane, qui s'occupe de l'étage, était intervenue pour rappeler que le portable est interdit dans le musée.

Elle a dû sortir vers six heures, si l'on en croit l'image de la caméra de surveillance.

Vers six heures, Morlaix m'a appelé sur le téléphone intérieur pour un problème dans la réserve. Le musée de N est administré par les Musées de France. Nous avons dû subir des compressions de personnel. Pour assurer la permanence, nous ne sommes que quatre : Morlaix et moi, Christiane, qui sert à la cafétéria, et Pierre Gendron, le conservateur. Je ne compte pas Li, la femme de ménage vietnamienne, qui cire les parquets depuis vingt ans, et époussette le bois de la collection de meubles, mais elle ne vient que deux fois par semaine ; c'est une femme qui ne parle pas. Elle a cet air impénétrable, indifférent, des Asiatiques, quand elle s'attaque au mobilier Retour d'Égypte du salon principal. On la pincerait, elle ne réagirait même pas. Elle vous jetterait le même regard offensé, vaguement méprisant. Je ne veux pas lui causer d'ennuis, mais je crois qu'elle laisse pas mal de poussière.

Je veux dire que c'était une journée ordinaire, plus qu'ordinaire. Sauf qu'il pleuvait à seaux sur la verrière. On entendait un bruit de ruisseau qui coulait à jet continu. Morlaix m'a dit : « Gros temps », comme si on était en mer. J'ai répondu : « Temps de Toussaint », ou « Temps de saison ». Morlaix m'a fait remarquer qu'il y aurait des champignons. En plus de la pluie, on entendait ce bruit d'imprimante qui venait du bureau du conservateur. Gendron devait travailler à la préface d'un catalogue.

J'ai dit : « Je suis seul dans ma salle. Il faut que je ferme avant de descendre. »

Morlaix a laissé un silence sans raccrocher. J'ai attendu. Avec lui, il faut être patient parce que les mots ne lui viennent pas. C'est un phénomène que j'observe sur moi : à force de vivre au milieu des tableaux, on finit par se taire ; on vit surtout avec les yeux. Pour être honnête, je dois reconnaître aussi qu'il est assez porté sur la bouteille. J'ai découvert sa cache : des litres qu'il range dans le placard de son bureau, derrière des paquets de documents. Du vin très ordinaire, mais de quoi assommer un bœuf. Il boit seul à l'heure de midi. Et il a de la descente. Ça ne se voit presque pas. Simplement, certains jours, il n'a pas l'esprit clair.

Finalement, il a grommelé : « Pour la chasse, on verra la semaine prochaine. »

J'ai dit oui, on verra.

Il y a eu un nouveau silence.

Je me suis dit intérieurement : tu as ton compte. J'ai pensé qu'il avait descendu un bon litre et qu'il avait quelques excuses parce que ce temps n'arrangeait pas le moral. Mais moi aussi, j'avais mon compte, et je n'avais pas envie de faire d'efforts. Je me suis tu. J'ai entendu la pluie sur les carreaux. Dehors, les lampes se sont allumées. La nuit tombe vite depuis qu'on est passé à l'heure d'automne.

Morlaix ne raccrochait toujours pas et il a dit soudain avec un rire : « Les lapins sont pas fous. Pas de risques qu'ils mettent le nez dehors. Tout ça doit rester bien au chaud, dans son trou. Un jour comme aujourd'hui, y a que les malades qui sortent. »

*

Je suis pourtant sorti, deux heures plus tard. La pluie avait bien diminué ; par moments ce n'était plus qu'un crachin et j'ai voulu marcher sur la levée pour me détendre. Le crachin, c'est usant, c'est régulier, mais si on se laisse impressionner, ici, l'automne, on ne fait plus rien.

J'avais dû aider à porter des caisses et des châssis dans la réserve, et c'était la cause, me disais-je, du léger essoufflement que je ressentais. Je me répétais : mauvaise journée. Il y a des jours comme ça, où tout va à l'envers.

J'ai quitté N et j'ai longé la départementale sur à peu près un kilomètre, marchant toujours sur le talus. Le vent soufflait très fort et il faisait complètement noir. Je crois que c'était plus fort que moi. J'ai pris le chemin des levées. Je suis passé devant la Boulaye. Je voulais en avoir le cœur net. La maison est au fond de l'allée, en retrait ; le bas des murs est envahi par les fougères. Plusieurs volets sur la façade étaient ouverts. Entre les arbres, j'ai vu de la lumière dans les deux fenêtres du rez-de-chaussée. J'ai compris que je ne m'étais pas trompé, que c'était bien elle, *la fille de la Boulaye*. Je me suis dit : elle est revenue. J'en ai même éprouvé une bizarre satisfaction, je me rappelle, au point de me dire : si je sonnais. Puis j'ai pensé : elle a changé quand même. Ce n'était pas facile de dire en quoi. Il y avait toujours ses yeux et sa minceur. Moi aussi, j'avais pas mal changé, tout compte fait, si je voulais être honnête. Surtout depuis mon retour ici, j'ai perdu beaucoup de cheveux. Je m'arrange pour ne pas le voir. C'est plus facile parce que la partie dégarnie est sur l'arrière. Les années (j'ai pensé), toutes ces années... J'ai essayé de les compter pour faire le point ; mais c'était plus dur que de rester dans le vague. J'ai remarqué que quand on essaie de se représenter le temps, on n'arrive pas ; la pensée ne forme aucune image claire.

À nouveau, je me suis fait la réflexion que ce ne devait pas être drôle, même si ce n'était que pour un soir, la solitude dans cette grande maison mal entretenue, à l'abandon depuis la mort de sa propriétaire. Le cimetière est juste à côté. À N, certaines personnes disaient qu'elles n'auraient pas aimé une maison comme celle-ci, même belle, ce parc immense juste à la porte du cimetière. C'était pour ça que ça ne s'était jamais vendu. D'autres faisaient remarquer que les morts ne sont pas des voisins gênants, qu'il n'y en a pas qui soient revenus. À part Lazare, comme disait ma grand-mère. Et encore, ceux qui nous le racontent ne sont plus là pour témoigner ! Toujours les mêmes inévitables plaisanteries sur la longueur du bail et la tranquillité qu'on a près de ceux qui sont sous la terre. Je connais par cœur ces conversations.

J'ai quand même ralenti. Les marronniers de l'allée centrale avaient perdu beaucoup de feuilles, ce qui accentuait cette impression de négligence et d'abandon ; la terrasse luisait comme une mare. On ne voyait rien dans la maison, mis à part deux tulipes d'opaline vieillottes au centre de chacun des plafonds. Une dans chaque pièce. Elles donnaient un éclairage de gare, à peine suffisant, jaune et triste. Autrefois, j'ai pensé, il y avait des lustres. Ils ont dû vendre aussi les lustres.

J'apercevais le plateau d'une table dans le salon, mais *elle*, je ne l'ai pas vue. Je me suis souvenu qu'il y avait des chambres sur l'arrière, du côté du terrain qui descend vers la Loire. Ce devait être une forêt vierge, depuis le temps.

J'ai continué en direction de la centrale. La pluie avait recommencé, mais je me repérais très bien à cause de la réverbération du sable blanc. Dans le cimetière dont je longeais la grille, beaucoup de familles avaient déjà placé leurs chrysanthèmes. Des boules serrées, crêpées, d'un jaune d'omelette. Je n'ai jamais aimé les chrysanthèmes. Ils brillaient dans l'obscurité et permettaient de distinguer les encadrements de granit et la base des croix dont les branches n'étaient plus visibles. Je me suis approché des grilles. J'entendais l'eau, le choc mat qu'elle produisait en touchant le granit, le bruit mou et feutré quand c'était simplement de la terre. Je me suis dit qu'avec ce temps la Loire allait monter, qu'elle couvrirait une bonne moitié des îles.

La nuit était si sombre que les fuseaux noirs des cyprès avaient l'air absorbés par le ciel. Quand j'étais petit, je ramassais leurs fruits gommeux en forme de grelots, tombés dans les allées, échoués dans les endroits creux, un peu comme les crottes de lapin dans les dunes, là où le sable est mou et tiède. Ils sentaient la résine et faisaient penser à la mer. J'en mettais plein mes poches, pendant que ma grand-mère arrosait le cyclamen de grand-père avec une bouteille d'Évian. Un dispositif personnel, mais qui faisait un peu bizarre, cette bouteille sortie de l'épicerie, dissimulée derrière la croix, d'autant que ma grand-mère n'enlevait jamais l'étiquette ; ça paraissait déplacé et profane. Elle estimait que ce n'était pas important.

Ma grand-mère avait du mal à se pencher. C'était trop difficile pour elle d'aller chercher le broc et de le remplir au robinet qu'il y a dans le mur du cimetière (surtout que la concession était à l'autre extrémité). Elle me disait : « Elles ont soif. Attrape-moi la bouteille. » Quelquefois, elle me laissait arroser. J'étais un petit garçon serviable et peu bruyant. J'aimais faire couler l'eau sans déborder sur les racines du cyclamen jusqu'à ce que la terre du pot devienne noire.

Je n'éprouvais aucun chagrin particulier car je n'avais pas connu mon grand-père. Il était mort quinze ans après la Première Guerre. Il avait été prisonnier longtemps ; il fumait à longueur de journée. C'était tout ce que je savais de lui. Sur sa photographie de mariage, il a de fines moustaches roulées « en guidon de vélo », l'air d'un homme ombrageux et timide. Sur les autres photographies, il a toujours une cigarette, et je crois qu'il parlait très peu, qu'il n'en éprouvait plus le besoin depuis son retour de captivité. Fumer était devenu sa manière d'exister, une manière laconique d'indiquer qu'il respirait encore, mais que sur cette vie il se refusait désormais à faire le moindre commentaire.

Quand il était mort, d'un cancer, ma grand-mère était restée persuadée que c'était la tuberculose. Elle avait fait brûler leur lit — son propre lit — et teint en noir dans le bouillon d'une lessiveuse tous les vêtements de ses enfants, à cause du deuil. C'était un geste absurde et mélodramatique qu'elle racontait souvent, son côté veuve indienne, mais je crois qu'elle le regrettait.

Elle posait sa main sur ma tête, à l'endroit que j'évite maintenant parce qu'il est un peu dégarni : « Fais une prière, me disait-elle. Il serait content de te voir. Il ne ferait pas de grands discours, ou alors on l'aurait changé, mais il serait content ; ça, j'en suis sûre. Le pauvre, il a eu si peu de chance dans sa vie. »

On avait fini d'arroser ; on descendait l'allée vers la grille du côté sud qui donne directement sur la Loire. L'allée centrale était sableuse, bordée de tombes assez anciennes ; il y avait le coin des enfants morts et celui des anciens curés de la paroisse.

En face de nous, la Loire brillait. On aurait dit souvent, le soir, que le cours se ralentissait, qu'il prenait une fraîcheur d'étang. Les branches des saules flottaient mollement dans l'eau comme des algues. Ma grand-mère disait que c'était la plus belle vue de l'endroit, celle qu'on avait depuis ce côté du cimetière, parce que le fleuve était large comme un grand lac et qu'il n'y avait pas de vis-à-vis, simplement la lagune blanchâtre d'une île. « Drôle, quand même, soupirait-elle, de laisser le meilleur point de vue pour les morts ! Il y a des choses qui me dépassent. »

On revenait des berges à la route par le chemin qui sépare le cimetière de la Boulaye, longeant les murs qui délimitent ce petit couloir si étroit que deux personnes ne peuvent pas y marcher de front. Les murs sont hauts, à peu près de la taille d'un homme. Il n'y a de passage que pour un corps, à la rigueur une bicyclette. Je me souviens, beaucoup plus tard, y avoir souvent rencontré la fille de la Boulaye. Pour elle, c'était un raccourci. Et je la revois, les cheveux lâchés dans le dos, les jambes et les bras nus, hors d'haleine, portant dans le dos un sac de vinyle rouge dans lequel elle mettait ses affaires de piscine, et dont je me rappelle bien la marque : Lafuma. Je ne sais pas trop ce qu'elle trafiquait. Elle était entièrement livrée à elle-même. Des rendez-vous qu'elle devait donner dans ce chemin, sans que la « tante » contrôle quoi que ce soit.

Les marronniers de la Boulaye étaient si hauts et si feuillus que le soleil ne touchait pas le gravier de l'allée. Une ombre silencieuse, compacte, légèrement humide, couvrait le parc alors que le ciel au-dessus restait d'un bleu de porcelaine très clair, un ciel d'été sur lequel s'enlevait au loin, derrière nous, sur la rive opposée, la vapeur de condensation sortant des tours de la centrale. Ce contraste me traversait d'un pressentiment fugitif, peut-être était-ce simplement de penser à cette chance que mon grand-père n'avait pas eue.

De la maison, on ne voyait pas grand-chose. Les arbres cachaient tout. Je me souviens de deux hautes cheminées bordées de briques maintenues par un X en ferraille. De grands buissons très sombres montaient contre la grille. Ici ou là, il y avait une rose plus claire, ligaturée par sa tige épineuse au volumineux amas d'un roncier.

Et bien des fois, depuis, dans les musées où je traînais beaucoup l'après-midi, une toile m'a ramené *ici*, à cause d'un certain rapport de l'ombre et de la lumière, à cause d'un paysage, quelquefois simplement un chemin contre un mur. Beaucoup de tableaux que j'aime me ramènent ici, dans ce petit chemin du cimetière que je n'emprunte plus que rarement à cause des souvenirs. Je nous revois au bord de l'ombre immense et triste des marronniers qui passait par-dessus le mur et qui dessinait sur le sol des formes froides, ma grand-mère tenant les glaïeuls fanés qu'elle avait retirés du vase, qui s'égouttaient par terre, dont elle pliait machinalement les tiges, et moi, frileux, traînant dans le sable un bâton que j'avais ramassé, avec cette pointe de chagrin menu, cette susceptibilité d'enfant timide, un peu sur le qui-vive, qui ne m'a jamais quitté.

Souvent, des forains s'étaient installés à côté, sur le terrain vague. Il y avait deux ou trois caravanes, du linge séchait sur des cordes.

Des enfants jouaient au ballon entre deux piquets plantés dans la terre qui improvisaient des buts. Quand un de ces enfants me regardait, je détournais les yeux. « Tu veux que je te laisse avec eux ? demandait ma grand-mère. Ceux-là ne s'en font pas. Ils ont raison, ils se promènent. Ils ont le coucher de soleil pour eux seuls. Ça vaut la vie des riches, tout cet espace. »

Après — c'était beaucoup plus tard — j'allais la voir, certains samedis, à la maison de retraite ; le dallage était en Gerflex. Je n'y allais pas très souvent parce que l'endroit me rendait nerveux. Je me souviens que j'avais peur, quand l'ascenseur s'ouvrait, de voir un vieux avec du goutte-à-goutte, ou une compresse sur l'œil. Je détestais voir des compresses. J'étais sûr qu'il y avait un trou derrière. Quelquefois, on ne se disait rien. Simplement, tous les deux, on regardait la petite télévision, étroite comme un boîtier, suspendue en hauteur, comme dans toutes les chambres d'hôtel, moi, assis sur son lit, elle, sur l'unique chaise. On regardait les variétés, l'émission de divertissement du samedi. Quand je la quittais, elle marchait jusqu'à la fenêtre ; elle gardait toujours ses chaussons car ses pieds s'étaient déformés ; elle restait bien après que j'étais parti, le front contre la vitre ; elle n'avait pas l'idée de retourner sur sa chaise, d'après ce que m'ont dit les infirmières.

*

J'étais toujours devant le cimetière. Autour de moi, la pluie traversait silencieusement la nuit noire. Par moments, le vent augmentait et elle frappait mon cou, presque à l'horizontale.

Je m'étais arrêté juste derrière la grille. Je ne peux pas dire combien de temps je suis resté. Assez pour que la pluie me trempe entièrement le col. Mes yeux suivaient les dalles des tombeaux, brillantes d'eau, au ras de la terre, curieusement éclairées par les fleurs, surtout certains caveaux de marbre. Je restais là parce que je m'étais mis à penser à ma grand-mère, à l'odeur de résineux des cyprès (je pouvais la sentir, portée par l'air humide) et je pensais aux petits fruits gommeux, un peu collants, répandus comme des crottes de lapin dans les dunes, à la bouteille d'Evian, toujours cachée derrière la croix — on a gardé le même dispositif — et à la fille de la Boulaye.

Je me disais : ça fait un cercle.

Au-dessus de moi, sur le coteau, l'hôtel des Chaînes d'Or était très éclairé. Je voyais la grande vitre brillante de la salle à manger panoramique, les lettres de l'enseigne. Les arbres du coteau, violemment éclairés, projetaient les ramifications démesurées de leurs branches sur la pente, presque jusqu'à la route, à l'endroit où la surface réfléchissante du panneau indique l'entrée dans N. Des feuilles et de la pluie tombaient dans cette lumière jaune. Il devait être près de neuf heures.

Aux Chaînes d'Or, à cause de Halloween, ils avaient placé des ampoules dans des potirons évidés tout le long de la vitre. Ils imitaient des têtes qui avaient l'air de rire.

J'étais reparti. Je m'éloignais de N en avançant toujours vers la centrale. Le chemin est long et désert. Après le cimetière, il n'y a plus que des champs, et, descendant vers l'eau, adossée au tertre de la levée, une partie assez sauvage, une mangrove irrégulière, des bois discontinus de frênes et de peupliers, de petites cultures, des terrains à lapins, des enclos où somnolent de vieux chevaux de trait et des ânes. Quand le crachin cessait, le vent continuait à secouer les branches en dispersant de petites gouttes.

D'après ce que croit Massonneau, c'est là que l'autre homme m'a croisé. J'ai dû passer sans m'en apercevoir le long de sa voiture éteinte, enfoncée sous les arbres d'un bois. À main droite, à peu près à mi-route, une hutte sert d'abri aux chasseurs ; je me souviens d'avoir identifié sa forme sombre, sa couverture en bois et m'être dit que je pourrais m'y abriter au cas où la pluie augmenterait.

Lui avançait vers les carrés de lumière triste des fenêtres ; il avait dû sortir de sa voiture quand l'averse s'était arrêtée, passer à trente mètres de moi. Pas plus de trente mètres. Peut-être il m'avait vu. Sans doute à ce moment où je m'étais arrêté devant le cimetière, où j'étais resté là, planté devant la grille. Lui aussi savait certainement que la femme était là.

Laissant à sa droite l'allée, il a traversé de biais l'ancienne pelouse, et il a dû sentir, contre l'ourlet de son pantalon, la coupure des fougères trempées. Le parc n'est plus entretenu. Sur la gauche, du côté où la propriété jouxte des terrains vagues inconstructibles, une partie du mur d'enceinte s'est effondré sur quelques mètres et n'a jamais été réparé. Des ronces couvertes de feuilles mortes remplissent la brèche. Franchir cette partie du mur paraît assez facile, et je l'ai dit à Massonneau. Mais lui prétend que ce n'est pas par là que l'homme est entré, vu l'emplacement de sa voiture. Il aurait pris le chemin derrière moi. C'était possible. J'en ai convenu. J'ai même redit à Massonneau : plus que possible. Par ce temps de chien, deux hommes pouvaient parfaitement se croiser, s'ignorer, poussés comme sont les hommes par des désirs contraires ou identiques, cherchant, pour des raisons contraires ou identiques, à s'approcher de la même femme. Je ne l'ai pas dit à Massonneau. Je revoyais seulement les lumières dans le bois.

L'éclairage public s'arrête à la sortie de N. La route qui passe à l'aplomb des levées est noire à cet endroit. Juste, sur l'autre rive, vaguement reflété dans la Loire, le halo de brouillard orangé au-dessus du péage de l'autoroute, celle qui va vers Paris et qui traverse la forêt. De rares voitures passaient ; elles allaient vite et d'où j'étais, sur la berge très plate, je pouvais suivre leur progression à la lumière des phares, deux cônes de lumière étroits, un peu dilués, qui précédaient la masse invisible du véhicule. Les reflets s'allongeaient sur la route mouillée un peu plus que par temps sec.

*

Je continuais à avancer en rêvassant. Dix ans déjà que j'étais revenu, moi, que je m'étais réinstallé à N. Une solution à prendre ou à laisser, c'était ce que m'avait dit mon père quand il m'avait appelé au téléphone. Tout de suite, j'avais reconnu la voix, énergique, irritée. Quand il m'appelait, mon père était toujours légèrement irrité. Il m'avait dit : « J'ai rendez-vous avec le secrétaire de mairie. Ils ont un poste au musée Dorlémont, avec des heures de conférences et un travail sur les archives. Ce sera d'abord à l'essai. Mais le salaire est régulier, et tu auras un jour de repos, le mercredi. Tu t'occuperas des groupes pour les visites. Tu pourras peindre. J'ai en vue une ancienne grange, vers les Caves. Tu y feras ton atelier. Tu y entasseras ton fourbi. Tu ne peux pas continuer comme ça, tirer le diable par la queue et ne rien vendre. Tu auras beaucoup de temps, même avec le travail. Le temps n'est pas le même ici, tu sais bien. J'ai dit que tu étais intéressé. Marnier fera pression sur le conservateur. Il a des arguments. D'ici trois ans, je ne pourrai plus rien faire pour toi. Je suppose que tu ne veux pas finir sous les ponts. Décide-toi. »

J'avais pris. Je n'avais pas vraiment le choix. Je ne sais pas ce que Marnier avait raconté à Gendron, mais l'argument avait porté. Et mon père avait tenu parole, pour les Caves. C'était ce qu'il avait dû trouver de moins cher, un endroit isolé et humide, au milieu des levées, assez sinistre.

Lui-même nous a raconté bien des fois qu'une nuit où il revenait d'une urgence à l'hôpital, des hommes faisaient des signaux sur la route avec des torches, qu'ils avaient essayé de l'arrêter. Une voiture, feux éteints, était garée de travers, sur le talus. Il est sûr d'avoir vu plusieurs individus à l'intérieur.

Vu ma situation, je ne pouvais pas me montrer difficile, et à l'usage l'endroit s'est révélé commode. Je pouvais faire des allers et retours entre le musée et la grange pour apprêter mes toiles pendant la pause du midi, ou le soir, après ma journée.

Le musée Charles-Dorlémont est à l'entrée de N, juste après le panneau indicateur, dans l'ancienne propriété dont le collectionneur a fait le legs à la commune. Au dix-neuvième siècle, c'était une habitation élégante, une folie comme il s'en est construit de ce côté du fleuve, sur la rive la mieux exposée, avec perron, plafonds peints, et jardin d'hiver en rotonde. Autrefois, du temps de sa splendeur, la Boulaye devait lui ressembler. Le parc, d'une grande beauté, a été amputé par un jardin municipal, et par le tracé de la route.

À l'intérieur, les pièces sont hautes de plafond, très éclairées et un peu froides ; on en a conservé l'ordonnancement si bien que le musée offre en même temps que ses collections la possibilité de visiter une maison de maître à peu près dans son état d'origine. Le mobilier a été racheté et on a restauré les tapisseries. Sous des vitrines en acajou, un nécessaire à coudre, plusieurs paires de bottines lacées, des éventails rappellent le souvenir de Clara Dorlémont et de ses deux filles. Leurs portraits de part et d'autre de la cheminée sont attribués à un peintre local, à qui l'on doit aussi les vues de N qui tapissent le petit couloir (notamment le pont sur la Loire, l'allée de buis de l'ancienne cure, la roseraie du jardin Garnier). À gauche, Clara, déjà âgée, dans un corsage plissé de taffetas sombre (elle a survécu à son mari près de vingt ans) ; à droite, sa fille aînée, Madeleine, en robe de bal, une main gantée appuyée sur un guéridon, dans une pose assez conventionnelle ; on reconnaît dans une vitrine l'original de l'éventail, une chinoiserie en bois laqué. Les deux portraits, coupés sous le buste, sont d'un métier honnête, tous les deux sur fond noir. Depuis mon arrivée, j'ai rédigé sur ce peintre et sur ses travaux plusieurs notices pour le catalogue général. D'autres toiles justifient la visite : il y a un Marquet, à l'étage, d'acquisition tardive, des impressionnistes mineurs, une femme dans un tub, par Bonnard, *Madame de Soigne*, d'un élève d'Ingres, et au rez-de-chaussée, dans la salle au bout du couloir, une Nativité flamande anonyme : une Vierge blanche et maigre, aux cheveux fins, tenant l'Enfant sur ses genoux ; d'un côté, deux évangélistes ; de l'autre un ange avec une oriflamme.

C'est une pièce d'un très grand prix, qui justifie à elle seule le système d'alarme qui nous relie à la gendarmerie.

Cette rive du fleuve est celle qui a le moins changé. S'ils veulent longer l'île en partant du musée, les bateaux passent comme autrefois devant des terrains vagues, les ruines d'un ancien pigeonnier, la façade fermée de la Boulaye entièrement barrée par le bois d'une glycine et qui, à cause du désordre du parc, du lilas au printemps, à cause aussi de ces bustes de femmes posés sur deux colonnes dont les visages souriants semblent sortir des arbres, a quelque chose des villas italiennes des bords du lac de Garde. Puis, c'est le cimetière dont on longe le mur en crépi.

Mais une fois passée la courbe, sur la rive opposée, à même pas deux kilomètres, il y a maintenant les deux cheminées de la centrale. Au moment de la construction, il y a trente ans, dans les premières années, l'opposition a été forte ; les militants distribuaient des tracts frappés de têtes de mort. J'étais encore petit et ces sigles naïfs me rappelaient les drapeaux de pirates. Beaucoup de gens signaient les pétitions et se sentaient concernés ; il y a eu des cortèges, des barrages sur la départementale, des banderoles « La Loire défigurée ». On est allés jusqu'à la préfecture. Maintenant, cette agitation semble loin. On prédisait des catastrophes, mais rien de ce qu'on craignait n'est arrivé. Les brochets, les canards continuent à descendre la Loire. Comme disent les gens, il y a du pour et du contre. Il faut de l'eau pour les centrales. Il faut bien les installer quelque part. Ce sont des choix qui nous dépassent. Les gens de N sont fatalistes. Ils acceptent ce qu'ils ne peuvent pas empêcher. Ils savent qu'un fleuve, aujourd'hui, ne doit pas rester inutile et sauvage. Simplement couler pour couler.

Évidemment, certains beaux jours, l'après-midi, quand les pêcheurs sont tranquillement échelonnés le long du fleuve, quand il y a des viornes et du lilas plein les jardins, on ne peut pas dire qu'on ne sente pas comme une angoisse, un sentiment très douloureux, tellement intense qu'il ne peut pas durer, exactement ce qu'on éprouve au milieu d'un moment heureux quand on se rappelle que le temps passe. On se souvient de la centrale, de cette chaleur inlassablement refroidie, cette vapeur qui, de l'extérieur, pour ceux qui ne savent pas, qui quittent l'autoroute par la bretelle de décélération, prend simplement la forme d'un nuage, un gros nuage blanchâtre et enroulé, vertical. Simplement de la vapeur d'eau, sans danger pour l'environnement, comme ils disent. On nous raconte tant d'histoires.

On se dit qu'on n'a aucune idée de ce qu'on respire, on se souvient de mots qu'on ne comprend pas et qui font peur : « irradiation », « radioactivité », on ne sait pas trop ce que les poissons contiennent, ce qui suinte du bec des canards. Peut-être qu'en dedans de nous, sans qu'on le sache, la destruction progresse par des voies insensibles, aussi insensibles que l'âge.

J'y pensais ce soir-là, quand, au tournant du chemin, les tours de la centrale sont apparues, très éclairées. Elles sont lisses, sans aucune aspérité, de la forme de deux urnes. Derrière, il y a une construction rectangulaire, massive comme un silo à grain, un bâtiment qui doit servir pour le stockage. Des projecteurs installés sur des rampes quadrillent tout le terrain. On dirait un curieux paysage de ville mais une ville sans aucun habitant. L'entrée se fait par la route. Du côté de la Loire, il n'y a pas d'accès. Le poste de sécurité paraît vide. Je ne sais pas où sont les gardiens.

L'avantage, c'est que le site éclaire cette partie sauvage du chemin. J'en profitais. Insensiblement, ce soir-là, je m'étais avancé très loin. L'averse reprenait par moments et elle froissait méthodiquement les arbres. Dans le ciel, la vapeur pâle montait toujours, mais la pluie forte et le couvert brumeux la rabattaient.

En arrivant en vue de la centrale, je me suis dit que j'aurais pu téléphoner, appeler la Boulaye depuis mon portable. Je ne me faisais pas beaucoup d'illusions. Comme la maison n'est plus habitée depuis longtemps, il est probable qu'il n'y a plus de ligne de téléphone, que l'abonnement a été résilié. Je me suis quand même promis de chercher dans l'annuaire dès que je serais rentré. Quand j'habitais Paris dans ma chambre de bonne, il m'était arrivé d'appeler la femme d'un immeuble voisin. Cette femme m'avait plu. C'était une inconnue, une femme blonde et distante que je croisais quelquefois chez les commerçants du quartier. J'avais réussi à identifier son numéro dans l'annuaire à partir du nom sur la boîte aux lettres. J'avais appelé plusieurs fois, simplement pour entendre sa voix. Il n'y avait que deux ou trois sonneries ; on décrochait très vite : « Allô ? disait la voix. Qui est à l'appareil ? » Je ne répondais pas. Je n'appelais pas le soir, seulement l'après-midi, pendant les heures creuses. Jamais je ne m'étais nommé. Je donnais un prétexte au hasard, ou un faux numéro de téléphone.

« C'est une erreur, monsieur », disait la voix. Mais je percevais qu'elle était rassurée. Je le percevais à une cordialité tout de suite plus grande. Il avait suffi pour cela que je donne un faux numéro de téléphone, une suite de chiffres qui ne correspondait à rien. « Une erreur, oui, répondais-je, je vous prie de m'excuser. »

J'aurais pu appeler la Boulaye. Dieu sait si j'ai regretté de ne pas l'avoir fait ce soir-là. Je ne me souvenais pas de sa voix. Mais je crois que je l'aurais reconnue tout de suite.

J'aurais pu dire que j'étais à deux pas de la grille, sur le chemin. J'aurais dit : « Le fils du docteur Lagarde. » Elle aussi, à Paris, au début de mon séjour, je l'avais cherchée dans l'annuaire. Mais elle n'y figurait pas — ou sous un autre nom, le nom de celui qui était devenu son mari.

C'était au tout début. Au bout de six mois, je l'avais oubliée. Je m'étais lié avec une étudiante en lettres, Isabelle ; je l'avais rencontrée dans un bar du quartier Latin où elle venait relire ses cours. C'était le genre de fille qui ne m'intimidait pas, menue, introvertie, plutôt facile à aborder. Elle faisait de la danse tous les soirs. J'allais souvent l'attendre au studio où elle travaillait. Comme j'étais en avance et assez désœuvré, j'assistais à une bonne partie du cours. Il y avait une pianiste, je me rappelle, une femme âgée, fardée, avec un rouge à lèvres dessinant un cœur sur sa bouche. Elle portait des lunettes à monture incrustée de faux diamants et tapait des valses de Chopin comme une sourde. À l'évidence le piano n'était jamais accordé. Je la regardais avec curiosité. Au vestiaire, les élèves disaient qu'elle était russe, que malgré son âge avancé elle avait besoin de gagner sa vie, qu'elle courait après des cachets misérables, qu'elle acceptait n'importe quoi. Elle jouait mal, mais elle semblait perdue dans sa musique. Je me souvenais bien de la Russe et, c'est curieux, avec le temps, je me rappelle surtout cela. Je la croisais parfois à la sortie de métro, toujours un peu hagarde, bizarre et exilée, trimbalant sa bouche peinte comme au temps de la Goulue, ses lunettes extravagantes et ses partitions de Chopin (valses et mazurkas) dans un sac en plastique. Je me demande si elle possédait autre chose que ses lunettes et ce sac en plastique. Un jour, elle n'est plus venue, elle a été remplacée par un Hongrois. Les filles ont dit qu'elle était retournée dans son pays, mais je crois que la vérité est plus dure.

Parmi les jambes qui s'élevaient et s'abaissaient au même rythme, je cherchais à identifier celles de mon amie, et je la voyais, toujours sérieuse, une main posée sur la barre, le dos droit, le cou artificiellement tendu, dans son académique noir.

En réalité, Isabelle ne s'intéressait qu'à la danse ; elle dormait rarement chez moi, passant des heures allongée sur le parquet de sa chambre ou dans le couloir, à élargir ses écarts, avec une sorte de masochisme appliqué, insatiable ; aucun résultat ne la satisfaisait. Aucune approbation ne calmait son inquiétude.

Je ne sais pas ce qu'elle est devenue, mais je me doute qu'elle est passée à travers la vie sans rien en voir que des studios qui se ressemblent tous, et ce reflet d'elle-même qu'elle étudiait dans le miroir mural, rentrant le ventre et le menton, avec toujours le même sourire vaguement douloureux et abstrait.

Une fois, pourtant, le hasard — ou le destin — m'avait remis devant la fille. Je me demande maintenant si ce n'est pas un signe. C'était dans une galerie de la rue de Seine, près des Beaux-Arts, et elle n'était pas seule. Elle était accompagnée par un homme en complet, plus âgé qu'elle, un homme qui avait de l'argent, ça se voyait, plus d'argent que je n'en aurais jamais dans ma vie. Il parlait fort en plaisantant sur les installations, et j'avais détesté tout de suite son arrogance parisienne. Elle riait à toutes ses remarques, et on sentait que c'était pour lui complaire. Ce n'était pas dans ses habitudes, ce rire servile. Je venais de démarcher la galerie. J'avais essuyé un refus, ou, pour être plus juste, on m'avait dit qu'on me rappellerait, ce qui n'est pas exactement un refus, mais sa variante mondaine. Si je devais compter les gens qui ont promis de me téléphoner et qui ne l'ont jamais fait !

J'étais resté tourné vers les murs, serrant mon book contre moi. Je ne sais pas si elle m'a vu. De toute façon, elle m'aurait sans doute ignoré. Devant cet homme du quartier Saint-Germain, je devais lui rappeler sa jeunesse, la part sombre de sa jeunesse. Je n'étais pas assez décoratif. À Paris, quand on vient de province, on a toujours quelque chose à cacher.

J'avais fait mine de regarder les œuvres. Elles ne me plaisaient pas, à moi non plus, mais moi, je n'étais pas en position d'en rire. En douce, je surveillais le type et j'avais remarqué que pendant qu'il parlait assez fort, ses yeux fouinaient de gauche à droite. Lui aussi avait quelque chose à cacher. Ce n'était certainement pas son mari.

Je me rappelle une autre fois. Mais là, je n'en suis pas sûr. Ces deux rencontres sont séparées de quelques années. Pourtant, dans mon esprit, elles paraissent se suivre dans cette série de jours où je montais et descendais infatigablement les escaliers du métro en essayant de placer mes toiles.

Elle marchait sur le quai de la Mégisserie. C'était un beau jour clair, le ciel était très dégagé. Je devais aller chercher Isabelle à son cours, et je revois nettement l'image qui s'était soudain isolée pour moi du flux régulier des promeneurs. Elle portait une jupe fluide qui s'évasait sur ses genoux. Elle marchait vite, sans regarder autour d'elle. L'image est jeune, très proche de celle qui courait dans le petit chemin contre le mur de la Boulaye. La démarche dansante est la même. Je me souviens qu'un bus est arrivé, qu'elle a disparu derrière un groupe de personnes et que quand le bus a démarré je ne l'ai plus revue. Maintenant, je me dis que je m'étais peut-être trompé. À Paris, il y a beaucoup de femmes minces et brunes.

J'étais pourtant revenu sur mes pas jusqu'au Châtelet, scrutant discrètement les passantes, toujours sur le même trottoir ; elle avait pu entrer dans un magasin pour une course. J'avais poussé la porte de la Samaritaine si brusquement que j'avais éveillé la méfiance d'un vigile. J'avais même passé tant de temps que j'étais arrivé en retard à notre rendez-vous. Isabelle m'attendait devant l'entrée du cours, et nous avions eu une dispute.

*

Finalement, j'avais fait demi-tour, laissant la centrale derrière moi pour me replonger dans la partie du chemin entièrement noire. Beaucoup de feuilles tombaient encore. Elles venaient s'ajouter à la couche détrempée qui recouvrait le sol. On aurait dit que cette pluie avait accéléré l'automne.

Je voyais luire le sable clair et à toutes sortes de reflets, à ce bruit indéfinissable, assourdi, de l'eau glissant en bas, malgré l'obscurité, je mesurais l'exacte largeur de la Loire, qui, comme je revenais, se trouvait maintenant à ma droite. Au bout de trois quarts d'heure de marche, j'ai retrouvé la grille de la Boulaye. À l'intérieur du bois, j'ai aperçu les torses des deux joueuses de palet, des copies de statues romaines qui encadrent un petit bassin plat. Il y avait les mêmes lumières fixes, au rez-de-chaussée, deux claires, une plus pâle, sans doute une chambre éclairée indirectement par une porte de communication ouverte. La visiteuse ne devait pas dormir.

Je ne sais pas à quelle heure on éteint la lumière dans la salle de l'hôtel des Chaînes d'Or. Quand je suis repassé, des gens dînaient toujours. J'apercevais leurs bustes en ombres chinoises au-dessus des massifs d'hortensias défleuris et secs comme du bois mort qui bordent la terrasse. Eux ne pouvaient pas me voir. Pour eux, je n'avais pas plus d'existence que les feuilles ou les animaux sauvages.

Devant moi, N était éclairé d'ampoules orange qui paraissaient creuser le couloir de la rue du centre, dessinaient la charpente (classée) de l'ancienne halle, et les sculptures du porche de l'église. Les toits luisaient de pluie. Il n'y avait aucune lumière dans le clocher. Quelquefois, quelqu'un joue de l'orgue, ou il y a une réunion pour la paroisse, mais en cette veille de fête, avec ce temps épouvantable, tout le monde avait dû s'enfermer.

L'heure a sonné. Il y a eu un certain nombre de coups. J'ai essayé de les compter : ils se succédaient avec le même espacement, la même sonorité large et creuse. J'ai perdu pied. Ils semblaient devoir se répéter indéfiniment, mais ils se sont arrêtés tout à coup et j'ai eu l'impression de basculer dans le vide. J'ai remonté la rue à partir de la gare routière. Une voiture a mis son clignotant ; elle a tourné devant moi. Comme la rue principale est en pente, elle peinait pour la gravir. Elle s'est garée le long du trottoir du côté droit.

Je suis passé devant le café éteint. Deux adolescents fumaient le long d'une des vitrines du centre commercial, à l'abri des arcades. Quand ils m'ont vu, ils se sont enfoncés dans la galerie marchande en laissant de la cendre sur le trottoir. Je me sentais très essoufflé, et j'ai marché plus lentement. Je me suis arrêté pour compter les battements de mon cœur, mais je m'emmêlais parce que le mouvement accélérait les coups.

Je me suis vu dans la vitrine du fleuriste, à côté de l'étiquette Interflora qui représente Mercure sous les traits d'une sorte de Peter Pan. Mon reflet était net, comme sur de l'acajou. La vitre était criblée de gouttes ; dans chacune d'elles, il y avait, en réduction, le point de lumière du réverbère du trottoir. Sur l'écran rouge de l'automate bancaire de la Caisse d'épargne s'affichait : « Bienvenue, Welcome. Tapez votre code à l'abri des regards indiscrets. »

La fleuriste avait rentré tous ses pots. Les chrysanthèmes couvraient le carrelage de la boutique : de grosses touffes jaunes, rouille, larges comme des morceaux de mousse. C'était au point que j'ai eu un instant l'illusion que je n'avais pas bougé, que je me trouvais toujours sur les levées, que le cimetière avait été reconstitué derrière la vitre. Mon essoufflement est devenu plus fort. Je n'aurais pas dû, me suis-je dit, porter toutes ces caisses lourdes.

La pluie a repris tard dans la nuit, deux ou trois heures peut-être. Je me suis réveillé en sursaut. J'étais en nage. J'ai allumé, et je me suis servi un verre de lait à la cuisine. L'averse battait contre ma fenêtre. Le vent soufflait et remplissait le vide entre les murs. Il s'engouffrait sous les portes, dans la galerie marchande du centre commercial. J'avais rêvé et, dans mon rêve, je m'en souvenais confusément, il y avait une femme, mais ce n'était pas la fille de la Boulaye, celle qui dormait au fond du parc. Cette femme était Isabelle. Des années que je ne l'avais pas revue, mais je la reconnaissais pourtant dans cette forme d'identification provisoire et trompeuse qui est toujours celle des rêves. Elle se tenait debout, les pieds légèrement écartés, le dos droit dans son académique noir. Je reconnaissais bien sa nuque, dégagée par un petit chignon qu'elle serrait de deux tours d'élastique. Je voyais mon reflet derrière elle ; je n'étais pas devant la vitre du fleuriste, mais dans le grand miroir mural du studio de la rue des Abbesses. J'approchais. Je marchais lentement, et mon reflet, comme ce même soir, devenait de plus en plus net dans la glace.

Isabelle portait un pot de chrysanthèmes.

2

Il s'est passé près d'une semaine et le temps a changé. Il y a eu, malgré la fraîcheur, de beaux jours pour la chasse. J'ai fait quelques expéditions avec Morlaix, mais nous n'avons pas tué grand-chose. Les dernières poires tombaient. Les feuilles aussi continuaient à tomber sur les jardins, les bancs de la promenade, à s'amasser sous les préaux de Stanislas avec lenteur. Les employés de la voirie les entassaient dans des remorques.

La lumière des après-midi était huileuse et jaune. Les ombres couvraient toute la largeur des champs. Dès quatre heures, il fallait se couvrir ; le brouillard montait de l'eau ; dans les jardins, on voyait ressortir l'écorce rouge des potirons et le cuivre des feuilles de bignone.

Le jour de la Toussaint avait été ce qu'il est d'habitude. L'après-midi, le cimetière s'était rempli d'une foule dolente et silencieuse qui avait stationné d'un air préoccupé devant les tombeaux couverts de fleurs, puis s'était dispersée sur les levées, sans but, plus grave, par groupes. Les femmes et les enfants marchaient devant, les hommes suivaient, désœuvrés, engoncés dans leurs manteaux neufs, mal à l'aise, comme toujours les gens d'ici quand ils sont obligés de s'habiller et qu'ils n'ont pas d'obligations précises.

Mais c'était globalement du beau temps, ce temps d'automne frais et doré, la Loire lisse comme un canal, des odeurs prononcées de châtaignes et de champignons, les bois des îles tout jaunes se reflétant dans l'eau très bleue. Au bout de l'horizon, au-delà de la centrale, entre les arbres partiellement dépouillés, on commençait à distinguer la terrasse du château de V, qui longe la Loire sur plusieurs kilomètres.

Les chasseurs rentraient tôt, redoutant de se faire piéger par la nuit et leurs chiens eux aussi trottaient bas. Je ne sais pas si on comprendra cette image. Il y a cette manière, pour les chiens, de fureter le nez dans le sable, quand ils reviennent d'une journée de chasse, dans un tangage heureux et éperdu.

Ce soir-là, un lundi, avant de rentrer chez moi, j'étais descendu vers les Caves. Je voulais travailler à la grange et j'avais dû attendre pour faire sécher du matériel. Il était un peu tard quand j'ai repris ma route ; le soleil s'était couché derrière N. De grandes bandes soufre balayaient le ciel en hauteur, nettement au-dessus des toits d'ardoise et du rang de tilleuls de Stanislas. C'était déjà cette lumière brève et froide des ciels d'hiver ; elle illuminait de longs nuages plats, translucides, très bas sur l'horizon.

Je me suis souvenu de cette toile de Friedrich, que j'avais vue à une exposition, *La grande réserve*. Elle représente les bords de l'Elbe ; on ne voit qu'une des rives, une prairie nue comme un plateau. Il doit faire froid. Le fleuve est bas, boueux. On y trouve des traces faibles de la lumière du crépuscule. Des arbres au loin forment une lisière brune, aux contours sommaires, déjà absorbés par la nuit. Mais le haut du ciel reste clair, plein d'une lumière en train de se dissoudre, de grandes traces paisibles et rêveuses, largement déployées, avec une audace tranquille ; peut-être s'agit-il de la résorption de nuages enflammés. En voyant le tableau, j'avais été touché par un chagrin aigu, comme si, dans ce paysage vide et plat, quelque chose se rapportait à ma vie, au regret, au mystère, à ce qui nous est *retiré*.

Des lumières électriques sont apparues à deux ou trois fenêtres, et elles tranchaient sur le ciel encore clair.

Il y avait un attroupement devant la Boulaye. Cinq ou six voitures arrêtées. Je n'avais pas revu la fille depuis le premier soir. J'avais évité d'y penser, et mon cœur s'est remis à battre. Il y avait une ambulance, deux fourgons de gendarmerie.

La grille était ouverte, mais un cordon avait été placé à l'entrée de l'allée pour interdire l'accès. Les phares éclairaient la façade, les volets gris. Pour une fois, la Boulaye ne donnait pas cette impression de solitude.

Des gens parlaient devant la grille. Je me suis approché. Je ne voyais pas bien le visage de ceux qui se tenaient à côté de moi. Les doigts me pinçaient à cause du froid. Entre ici et le centre de N, il y a une différence de température. « Je croyais que la maison était vide, a dit quelqu'un. C'est sans doute un cambriolage ; ça devait finir par arriver. »

Des forains s'étaient installés la veille à la sortie de N sur l'aire des Ouches. Ils avaient monté leurs baraques de marchands de crêpes et de gaufres, une tente de cirque, un train fantôme, des stands de tir, un circuit d'autos tamponneuses entouré de décors sur lesquels les visages de chanteurs passés de mode étaient reproduits avec des traits grossiers. Des haut-parleurs avaient hurlé tard dans la nuit des succès vieux d'au moins vingt ans. Cette musique de bal populaire s'entendait jusque sous les arcades de la galerie marchande.

Auprès de moi, quelqu'un a dit : « La dernière fois qu'ils sont venus, ils ont cassé la pompe à incendie du terrain de camping. C'est de la racaille. Ils ont de l'argent. Il n'y a qu'à voir les caravanes, et les antennes qu'ils mettent dessus. »

Et puis toujours les mêmes propos sur le cimetière et que c'était dommage de ne pas entretenir cette belle propriété. « Couper toutes ces fougères, quand même ! » a dit une femme.

Quelqu'un a dit aussi que la fille était une prétentieuse qui ne regardait pas les gens, quelqu'un qui avait dû la voir passer comme moi, il y a longtemps, à bicyclette. Une enragée, disaient des gens. Et une coureuse. Quand on pense qu'elle a hérité ! D'où elle sortait exactement ? Une gamine qui poussait comme une plante. Sa tante ne lui faisait jamais d'observation. Il paraît qu'elle est devenue une personne tout ce qu'il y a de plus huppé. Un beau mariage. Personne n'en revenait, après tous les oiseaux plus ou moins catholiques qu'elle avait ramassés. Tout y passait, même des gitans. Vous ne me direz pas qu'elle avait le sens commun. La tombe de la famille n'est même pas nettoyée. La danse, ça ! disaient les gens ; ça, pour la danse ! Jamais en retard pour danser ! Toujours fourrée au Black and White.

Ce que disaient ces personnes correspondait à des faits oubliés. On ne pouvait pas juger la fille sur son adolescence. Mais je ne suis pas intervenu. Je me souvenais, moi aussi, du gitan et d'autres qu'elle nous avait amenés, qu'elle nous avait mis sous le nez comme si elle les tirait d'un chapeau, par défi, comme pour prouver — ou pour se prouver à elle-même — qu'elle en était capable. Je me rappelais aussi ce type correct de la galerie, le Parisien en complet veston et écharpe, l'air de travailler à la Bourse ou au Conseil d'État. Celui-là, j'étais le seul à pouvoir en parler. En sortant de la galerie, il l'avait saisie par la taille. J'avais surpris son rire à elle, inquiet et complaisant, son regard qui avait balayé la rue de gauche à droite, et le regard de l'homme aussi, à peine plus assuré, fouineur, fuyant ; il venait de passer la porte. J'étais encore à l'intérieur, et nos regards s'étaient croisés à travers la vitre sans qu'elle s'en aperçoive. Je m'en souviens comme si c'était hier. La vitrine exposait des statuettes africaines, deux ou trois torses en bois, habilement mis en valeur — des pièces d'art dogon.

Je ne représentais rien pour lui, et le regard du type, un peu inquiet, avait tout de suite repris son arrogance. Dans la rue, il marchait simplement à côté d'elle, assez près, mais sans le moindre geste ambigu, sans que personne puisse rien trouver à y redire. Je revois le couple s'éloigner sur le trottoir. Un moment, j'avais eu le projet de les suivre.

Deux gendarmes venaient vers nous. Ils ont enlevé le cordon et nous ont demandé de dégager l'allée. L'ambulance est passée au bout de quelques minutes. Elle n'a pas allumé la sirène. Elle roulait vite. J'ai essayé de regarder la vitre. Je n'ai rien vu que le reflet brillant des marronniers, la blouse blanche d'un ambulancier à l'intérieur de la voiture. L'ambulance a tourné à droite, suivie par plusieurs fourgons. Les gens ont parlé de l'hôpital. Puis tout le monde s'est tu. Avec la grille ouverte, le parc semblait immense, inquiétant, et personne n'osait s'avancer. On devinait à des amas un tas invraisemblable de feuilles mortes.

Une femme a dit sans conviction : « Si l'ambulance est repartie, ça ne devait pas être grave. Qu'est-ce que vous en pensez ? »

À cause du froid humide, la vapeur d'eau sortait de ses lèvres. Je comprenais qu'elle avait peur, qu'elle parlait pour se rassurer, mais je ne sais pas pourquoi, à travers la nuit, j'avais eu l'impression qu'elle s'adressait à moi personnellement. Peut-être parce qu'elle m'avait repéré parmi les autres, parce que les Caves ne sont pas éloignées de la Boulaye. Peut-être aussi (mon esprit fonctionnait très vite) parce qu'elle m'avait vu l'autre soir sur le chemin et qu'elle pensait que j'étais au courant. Je me demandais où cette femme habitait. Il y a quelques pavillons au bout de la promenade. Certains sont des résidences secondaires, mais certains sont occupés toute l'année. Les gens s'enferment tôt et à cause de cela, dans la nuit, on a du mal à faire la différence. Je sais aussi qu'il y a des réunions qui se prolongent, celles du conseil municipal, celles de la chorale de l'église ou le cours de gymnastique qui a lieu plusieurs fois par semaine à la salle.

J'ai répondu distraitement à la femme. J'ai dit que je partageais son opinion, que ça ne pouvait pas être grave. Mais elle n'écoutait déjà plus. Elle avait l'air nerveuse, ou légèrement exaspérée par ma réponse évasive et polie. Elle s'est tournée vers les phares rouges de l'arrière de l'ambulance et elle a attendu qu'ils disparaissent dans le tournant.

Maintenant, la nuit était tombée. Mais il restait toujours un groupe d'hommes devant la Boulaye. Ils en ont fait plusieurs fois le tour. On entendait leurs voix qui venaient de derrière, dans la partie du parc tournée vers la Loire, du côté de l'autre façade. Ils prenaient des photographies. L'éclair des flashes illuminait les marches du perron, la balustrade, et les troncs au bout de l'allée. Seules les trois fenêtres de l'étage du dessus restaient noires. Chacune d'entre elles devait correspondre à une chambre.

Une personne a demandé : « Mais qu'est-ce qu'ils photographient ? » Une autre voiture est passée. Dans ses phares, on a vu les cylindres des troncs de l'allée s'épaissir et prendre leurs contours l'un après l'autre ; l'allée paraissait très profonde. C'étaient des troncs énormes, larges comme des piliers. Tout le monde les regardait comme s'ils avaient quelque chose à cacher, mais ils se sont résorbés dans la nuit.

La voiture est arrivée au niveau des statues des deux joueuses de palet qui patinent, une jambe en l'air et le buste penché vers l'avant. Elles avaient des feuilles jusqu'aux genoux, de la mousse incrustée dans les parties creuses, les cavités des yeux, les boucles de leur coiffure compliquée, tenues par un bandeau, les plis de leurs tuniques courtes.

La fête foraine s'est allumée au bord de l'eau, avec sa musique sentimentale et criarde. Les fumées grasses des grillades brouillaient le halo mauve des néons.

Autour de moi, les gens s'étaient mis à parler de sujets différents. D'après ce que j'ai compris, certains promenaient leurs chiens quand ils avaient vu les voitures. Deux personnes calculaient depuis combien de temps la maison n'était plus habitée. Elles n'étaient pas d'accord sur le moment, l'une d'elles a dit que c'était parce que le temps passait vite.

Je me suis écarté. J'ai fait quelques pas dans la direction du chemin qui sépare la maison du cimetière. Connaissant bien l'endroit, j'espérais accéder à la Loire de ce côté, contourner la maison pour voir ce qui se passait à l'intérieur. Mais ce chemin-là aussi avait été barré par un fourgon. Un homme assis à l'intérieur du véhicule m'a fait signe de rester où j'étais. Les phares qu'il a allumés brusquement m'ont ébloui. J'ai mis une main devant mes yeux. Mon geste est consigné dans le procès verbal : « S'est approché avec l'intention de contourner le dispositif mis en place par la gendarmerie. » Ils ont noté les vêtements que je portais ce soir-là : une veste en cuir, une écharpe de couleur sombre. Je suis décrit comme un homme de haute taille, employé au musée, un « peintre du dimanche », menant, par son travail, une vie en marge de celle des gens de N, n'ayant que peu d'amis, et pratiquant la chasse. Cet élément est souligné.

Finalement, un jeune gendarme aux cheveux rasés et au front bas s'est mis en faction à l'entrée. Il paraissait ne pas entendre quand on lui posait une question.

Je suis reparti.

*

C'est plus tard que j'ai su les détails, par le chef de gendarmerie Massonneau. C'est Massonneau qui était allé sur place. Une femme avait téléphoné à la gendarmerie vers la fin de l'après-midi parce qu'une porte de la Boulaye restait ouverte. Elle battait à cause du vent, à six heures du matin, avait dit la personne. Et puis encore le soir. Ce n'était pas normal. Un vol, sûrement, avait insisté cette personne. Les forains qui se sont installés aux Ouches. Une maison toujours fermée, à l'abandon ; ça devait finir par arriver, les attirer. Ils avaient dû la repérer.

C'était toujours la même histoire, m'avait fait remarquer Massonneau, quand les forains arrivent, les gens d'ici ne tiennent pas en place. Il y a sans arrêt des plaintes et des dénonciations. Toutes les petites vieilles perdent leur portefeuille. Il faut mettre deux hommes devant la succursale du Crédit agricole et aux entrées du bureau de poste.

Il avait quand même pris sa camionnette pour faire une ronde à tout hasard avec un jeune adjoint de brigade — histoire, m'avait-il dit, surtout, de ne pas se faire de reproches. La grille sur la route n'était pas fermée à clef. Il avait soulevé le loquet. Les deux hommes s'étaient engagés dans l'allée. C'était cette fin d'après-midi de beau temps sec dont je me rappelais le déclin bref, la lumière déjà hivernale. Il faisait frais et le soleil ciselait le bord des feuilles. Une machine agricole avançait lentement sur un champ, au rythme lent des bateaux sur le fleuve. Le moteur forçait par moments, à cause de l'irrégularité des mottes. On entendait des coups de fusil, ici et là. Des perdreaux déboulaient du maïs sans demander leur reste.

« Je ne sais pas si tous ceux qui chassent ont leur permis, m'avait dit Massonneau ; il y aurait sans doute besoin de contrôles, et je préfère ne pas y regarder de trop près mais je peux dire que ça canardait sec, dans tous les sens. »

Les deux hommes ne parlaient pas, marchant dans l'épaisseur des feuilles récentes, encore gonflées d'humidité, d'un rouge aigu, presque écarlate, comme celui des crêtes de coq. Depuis bien des années, rien ne vivait ici que des oiseaux, nourris par les vergers. Et des chats qui chassaient et qui venaient dormir sur une ancienne terrasse envahie d'herbe. La femme qui avait occupé cette maison était morte depuis longtemps, et elle avait vécu si retirée entre son parc, obscur dès le printemps, et les étages mal éclairés de sa propriété qu'elle semblait ne plus appartenir à la communauté des hommes.

Massonneau, qui l'avait connue, se souvenait encore du temps où la camionnette de la ferme passait livrer les bidons de lait pour la semaine. C'était longtemps après toutes les histoires, après l'époque où le fils, le cadet, s'était embarqué pour l'Afrique comme administrateur civil sur la côte ouest : on avait dit que ce départ avait eu lieu juste après la mort de son frère. Les « circonstances », disaient les gens, de la mort de son frère. L'argent manquait ; l'aîné avait mangé le fonds. C'était un beau garçon, flambeur, qui aimait la grande vie, les femmes, les voitures.

Il utilisait la Boulaye pour des fêtes dont les photos paraissaient quelquefois dans le journal — lui en nabab, ou en prince égyptien, ou en bourgeois du dix-neuvième, avec melon, chaîne et gilet, et des groupes chamarrés d'hommes et de femmes. Des gens qui venaient d'Angers, de Paris en voiture. Des relations. Des noms qu'on ne connaissait pas par ici (ici, on ne connaît rien), mais qui étaient connus ailleurs. Des zones intermédiaires de la célébrité. De petits journaux, de petits théâtres. Des actrices qui se lançaient. Tout ce beau monde entassé sur les marches de la Boulaye comme pour une noce ou une photo de classe, souriant, imperceptiblement figé, des têtes et des bras nus, des boas, des perruques. La plupart des photos prises sur le perron, Massonneau les avait parcourues. Ou quelquefois au bord du fleuve, sur le ponton, sous les grands arbres courbes qui ont l'air de décors d'opéra, lui toujours au milieu, enlaçant une femme en fourrure ou le buste d'une des statues. Il paraît que ça dansait jusqu'à trois ou quatre heures du matin, qu'il y avait des bains de nuit. On le voit aussi au bord de l'eau, allongé sur une pierre, charmant, bronzé comme un jeune Maure dans une sorte de pagne souple. Sa mère lui passait tout. Il s'était acheté la première quatre-chevaux qu'on ait vue par ici, quand les voitures étaient encore un luxe. Mais les finances ne suivaient pas. Il paraît qu'un moment il avait essayé de se refaire au casino et qu'il y avait même eu, une nuit, un départ d'incendie dans le bois, pas vraiment catholique. Les assurances auraient tout arrangé. Mais le feu n'avait pas pris. Après, il y avait eu ce terrible accident où il avait trouvé la mort. Il n'avait pas trente ans. Tout le monde ici renchérissait que dans un cas comme celui-là, pour celui qui restait, il n'y avait plus d'autre solution que l'Afrique. Naturellement, des gens qui ne savaient rien de l'Afrique, des gens comme vous et moi.

La mère, elle, n'était pas partie. C'était là qu'avait commencé cet air d'abandon. Elle laissait tout aller et ne sortait plus que rarement, une fois par jour, après le passage du facteur. Elle vivait seule, avec un ou deux chiens, aussi sauvage qu'eux, ne parlant à personne. Quel que soit le temps, elle traversait l'allée en bottes de caoutchouc, vêtue comme une fermière. Si des gens qui empruntaient le chemin pour aller au cimetière l'apercevaient derrière sa grille, elle détournait la tête.

Elle attendait une lettre, un *signe du mort*. Sa folie, paraît-il, était d'attendre une lettre, non de celui qui était parti pour l'Afrique, mais de celui qui *ne pouvait plus* lui écrire. C'était l'aîné qu'elle préférait. Les mères ne sont pas toujours justes.

« Elle a vécu âgée. Je crois, m'avait dit Massonneau, qu'ils ont fini par l'emmener là-bas, en face de la centrale, au centre médico-spécialisé, à Saulnières, vous voyez ce que je veux dire ? » Je voyais. Il a repris : « Il n'y avait pas une grosse distance à faire. C'est là-bas qu'elle est morte. Quand même dommage. Une femme qui jouait du piano. Une musicienne. Il paraît qu'autrefois elle avait donné des concerts, qu'elle jouait, l'été, quand ses enfants étaient petits ; elle les laissait courir ; elle laissait les fenêtres ouvertes. Les gamins faisaient ce qu'ils voulaient, ils couraient dans le parc jusqu'à la tombée de la nuit, même tard, entre les arbres qui les dépassaient de dix têtes, et la Loire, en bas du jardin, avec ses bords de vase. Entre chien et loup, il suffit d'un rien. C'est un miracle qu'il n'y ait pas eu de noyade. Elle n'avait pas beaucoup d'autorité, d'après ce qu'on a dit. Toujours à son piano. Quand elle jouait, elle oubliait le reste. Quelquefois, à dix heures du soir, les deux petits n'avaient pas mangé. Que voulez-vous ? Les chats ne font pas les rats. Le père était absent une partie de la semaine. Le ménage n'était pas bien tenu. Une femme pas très rassise, un peu bohème. Toute cette musique ! Mais ils étaient heureux. Le parc était superbe. Des buissons de rhododendrons, des lilas, une splendeur ! »

Avec la mort du fils, tout était allé à vau-l'eau. Le mur du parc s'est effondré, du côté de l'est. Les buissons se sont mêlés de ronces et d'orties. Mais la nature ne s'arrête pas sous le prétexte que les hommes ont de la peine. Au printemps, la glycine restait aussi lourde qu'une treille ; certains rosiers grimpants, particulièrement vigoureux, avaient envahi les massifs. Ils étaient mangés de pucerons, mais ils avaient des tiges grosses comme des troncs de poiriers. L'herbe montait jusqu'aux genoux des statues. Et les marronniers de l'allée noircissaient, grandissaient, poussés par une loi obscure, se couvraient de chandelles au printemps, produisaient malgré eux, chaque automne, sans aucune nécessité, ces grandes feuilles rouges dans lesquelles les gendarmes enfonçaient les pieds jusqu'aux chevilles, sensibles malgré eux à cette beauté, à cette déroute : « Tout ça pourrit sur place, avait soupiré Massonneau. Pour de l'humus, ça fait de l'humus ! Maintenant, une société d'entretien passe une fois par an. Ils débroussaillent un peu ; ils taillent tout ce qu'ils peuvent. Mais il y a tellement de travail que ça ne peut pas suffire. » Des roses d'automne, mollies par l'eau et délavées, poussaient avec des ronces dans la partie abîmée du mur.

Les deux hommes avaient vu le soleil du couchant devant eux à gauche de l'une des cheminées. Mais le temps qu'ils arrivent au bout de l'allée, la boule rouge avait été cachée par le mur. Cela arrivait souvent le soir : cette boule suspendue au-dessus de la Loire, sur l'horizon très plat, ce lampion symétrique des cheminées blanches de la centrale, comme un étrange objet géométrique.

La maison semblait vide.

Effectivement, la porte était ouverte. Massonneau avait relevé mentalement des signes d'usure, mais, semblait-il, pas d'effraction. Il avait appelé plusieurs fois. Personne ne répondait. Il avait pénétré dans l'entrée. Des feuilles mortes remplissaient le couloir. Là, il avait compris ce qui tout de suite lui était apparu bizarre. Une lumière faible venait de l'une des pièces du rez-de-chaussée ; elle faisait luire en jaune la plinthe du couloir. Une lampe de chevet oubliée ? Mais on n'entendait rien. Quelqu'un lisait peut-être, à l'intérieur. Quelqu'un qui ne répondait pas parce qu'il était *trop absorbé*, s'était dit Massonneau sans y croire. D'un geste, il avait intimé à son adjoint de faire le tour de la maison. À nouveau, il avait demandé : « Il y a quelqu'un ? », serrant son arme comme il me l'a dit, pensant malgré lui aux gitans qui s'étaient installés aux Ouches. Ils étaient peut-être deux ou trois là-dedans, à fouiller, à chercher des bijoux, de l'argent, et ils se défendraient.

Mais il s'était repris. Les forains ne seraient pas venus pendant la journée. Ils n'étaient pas sots à ce point. Ils opéraient à la nuit noire. Une autre idée lui était venue. On avait fait venir quelqu'un pour le ménage. Un contrat d'entretien. Cela se fait souvent. Et Marc, le jeune adjoint de brigade, qui progressait latéralement, qui devait se trouver maintenant à la hauteur de l'escalier de service, tout à côté du ballon d'eau, tomberait probablement sur une femme en tablier, aux cheveux frisottés, une femme de N en train de secouer un paillasson, à qui il ferait peur.

Il réfléchissait vite. Lui aussi connaissait la maison ; il avait revu les gros volets de ferraille grise des chambres sur l'arrière, les berges meubles de la Loire. Il savait que la pente était forte, qu'il y avait des trous à cet endroit, en face de l'île, des tourbillons. Impossible d'entrer par là, avait-il décidé. Impossible aussi d'en sortir. Strictement impossible. La rouille était beaucoup plus efficace qu'une serrure.

Il y avait un peu de désordre dans le salon qu'il traversait : des journaux, des papiers sur la table — des prospectus —, un sac de voyage ouvert d'où dépassait une trousse de toilette, un imperméable de forme trench sur le dossier d'un fauteuil, des ordonnances, comme si quelqu'un avait rempli des imprimés de la Sécurité sociale. Des doubles rideaux verts, d'un velours poussiéreux et terni, masquaient à moitié les fenêtres.

Aucun bruit, m'avait dit Massonneau. Strictement aucun. Aucun réveil ne devait marcher là-dedans. Le frigidaire datait, au moins, des années soixante-dix. Par ailleurs, le couloir sentait l'abandon, l'humidité. Éparpillées par terre, il y avait de vieilles photographies. On aurait dit que quelqu'un venait de les sortir d'un tiroir.

Massonneau avait continué et, dès ce moment-là, il avait eu le pressentiment de ce qu'il allait trouver derrière la porte. Il n'appelait plus, ne disait rien, marchait vers la petite lumière, la fente mince comme celle d'une chatière ; il était sûr que rien n'avait bougé derrière. On ne laisse pas allumé pour rien. Il était sûr que ce qui était *der-*

rière ne bougerait jamais plus. Il progressait dans le couloir. La porte avait résisté lorsqu'il l'avait poussée. La femme était derrière. « En triste état », voilà ce que Massonneau m'avait dit.

« Un coup de fusil à bout portant. »

Il avait laissé un silence, pendant lequel j'avais respiré lentement. J'avais même détourné la tête par décence. Je ne voulais surtout pas voir ce que son visage exprimait à ce moment précis. La mort, c'est personnel.

Il s'était repris : « Ceux qu'on ramasse sur les petites routes, vous comprenez, ce n'est pas pareil. J'ai crié pour appeler Marc, mon jeune adjoint. J'avais l'impression de crier fort, mais il ne devait pas m'entendre, parce qu'il était descendu jusqu'au fleuve, jusqu'à l'ancien embarcadère. Il n'a d'ailleurs vu aucune trace, contrairement à ce qu'on a raconté. Les rives sont tellement embroussaillées qu'il n'y a plus aucun accès. Je l'ai entendu courir. Cela n'a duré que quelques minutes. Je n'avais plus conscience du temps. Je lui ai dit de ne pas entrer et d'appeler le poste tout de suite. Ce n'est qu'un gamin de vingt ans. J'ai pensé que ce n'était pas la peine. Il est parti vers la voiture, et je me suis retrouvé seul. Il fallait que j'attende les renforts.

J'ai voulu fouiller le parc, mais il faisait beaucoup trop sombre. On ne voyait déjà plus rien. Chien et loup, comme on dit. Je ne sais pas ce que je cherchais, d'ailleurs ; ce dont j'étais bien sûr, c'est que celui qui avait fait le coup ne m'avait pas attendu. J'ai quand même remonté une allée, au hasard, à gauche de ces statues qui ont l'air de courir. Il y avait par terre des monceaux de feuilles rouges qui devaient recouvrir toutes les traces, s'il y avait eu des traces. Je ne me faisais pas d'illusions, avec la pluie qui était tombée l'autre jour. Et les feuilles continuaient à tout recouvrir. Il en tombait encore. Une mare rouge. Comme si on avait égorgé des volailles. L'allée comme effacée, aussi épaisse que le talus.

Vous me croirez si vous voulez, mais tout à coup j'ai vu les croix sur la gauche, de l'autre côté de ce chemin qui sépare la propriété du cimetière ; il y avait encore suffisamment de jour pour qu'on distingue les branches de celles qui sont à l'ouest, contre le mur. C'est bizarre comme une croix ressemble à un arbre, comme ça se dresse devant vous, dans l'atmosphère obscure. Le ciel était très sombre, mais tout de même plus clair que la végétation, de ce bleu sur le point de tourner à la nuit. Je ne suis pas impressionnable, mais ce moment, je vais vous dire, je crois que je m'en souviendrai toute ma vie. »

3

Naturellement, on avait tout de suite soupçonné les forains. Le vieux réflexe ! Une heure plus tard, les gendarmes débarquaient sur l'aire. Perquisition dans les baraques et interrogatoire suivi. Ça n'avait rien donné. Les papiers avaient été contrôlés mais ils avaient des alibis. Comme l'avait observé finement une des employées de la mairie : pourquoi venir cambrioler le jour de sa visite à *elle*, alors que tout le monde pouvait voir qu'il y avait de la lumière ? D'habitude, ces gens-là se renseignent. Et d'ailleurs, rien n'avait été pris. On avait retrouvé de l'argent dans son sac. Le fusil avait disparu, mais les fusils, ce n'est pas ce qui manque dans le coin, et celui qui avait tiré pouvait très bien, au moment même où la gendarmerie menait ces investigations, lâcher le reste de ses balles incognito sur un lapin.

Le cirque avait quand même été démonté dans la nuit. Avec ce qui s'était passé, personne ne serait allé voir le spectacle. Cirque de l'Europe, il s'appelait. C'était marqué sur les camions en lettres d'or. Des « artistes » qui s'étaient produits à Venise. En fait de Venise et de gondoles sur le canal, je me souviens qu'il y avait un animal douteux, de genre indéfini, probablement un vieux lama, et quelques singes pouilleux et pathétiques, une trapéziste que j'avais aperçue à étendre du linge entre deux caravanes, et qui faisait un numéro le soir, ses grosses cuisses rouges moulées dans un collant nacré. Je l'avais reconnue sur une affiche.

Quoi qu'il en soit, lama et trapéziste, vers cinq heures du matin ils avaient tous décanillé ; on avait entendu les moteurs des engins dans la pente.

Des enquêteurs étaient venus d'Angers recueillir les témoignages. On avait parlé d'un appel, vers dix-sept heures, sur le portable de la femme, mais l'origine de cet appel n'avait pu être identifiée. On avait su aussi qu'avant sa visite au musée, au début de l'après-midi, elle était entrée chez l'agent immobilier Colnay, sous les arcades. Elle lui avait parlé de la Boulaye, de son intention de la mettre en vente. C'était trop cher (avait-elle dit) pour l'entretien ; trop compliqué. Elle s'était engagée à repasser le soir apporter des papiers ainsi que plusieurs photographies pour constituer le document publicitaire. Même en l'état, c'était une grosse affaire et l'agent immobilier Colnay, un petit roux obséquieux, avait essayé de la retenir. Lui aussi disposait de son numéro de portable. Il n'était pas aimé, ici, et je crois que pas mal de gens auraient bien vu en lui le coupable parce qu'on lui attribuait, à tort ou à raison, la responsabilité de la spéculation sur les terrains. Le bruit de l'interrogatoire qu'il avait dû subir avait couru. Mais il disait qu'il n'avait pas rappelé et il n'y avait aucune raison de ne pas le croire.

Une autre piste de l'enquête avait été tenue secrète, pour éviter les commérages. En effet, la victime avait été vue en compagnie d'un homme, au début de ce même après-midi. Le couple avait déjeuné en haut, aux Chaînes d'Or. On avait retrouvé la carte du restaurant à l'intérieur du sac ouvert dans la salle à manger. Les vérifications étaient assez faciles. Interrogée au téléphone, la patronne de l'hôtel confirmait. Elle détenait encore la date et l'heure de la réservation sur ses registres. L'homme était reparti vers quinze heures. Il n'était plus avec la femme. Des témoins avaient identifié sa voiture, une Rover immatriculée dans le département. Il avait reçu les gendarmes. C'était un homme qui travaillait à la centrale, comme ingénieur, et qui avait un très gros poste. C'est pour ça que les gendarmes avaient été discrets. Tout ce qui touche à la centrale est plus ou moins confidentiel. N est un tout petit monde. D'ailleurs, il n'avait pas le profil d'un assassin. Pas de casier judiciaire. Cultivé. Tout ce qu'il y a de respectable. La cinquantaine et une certaine allure. Il avait fait une excellente impression aux gendarmes. Selon les termes de sa déposition, le déjeuner avait été purement amical. Il était accablé par ce qu'il avait appris. Vu la situation, il demandait la discrétion pour sa famille. Il savait que la femme était seule mais qu'elle devait rentrer par le train du soir à Paris.

Vérifications faites, le dernier train partait à vingt heures trente. À vingt heures, un car assure la correspondance à partir de la gare routière. Ce qui est sûr, c'est que ce soir-là aucune femme brune en tailleur n'y avait été vue. Dans les jours qui avaient suivi, selon le témoignage des chauffeurs, le car avait monté plusieurs hommes voyageant seuls, avec ce genre de sac intermédiaire entre le sac de sport et le sac de voyage — le format idéal pour contenir aussi bien une raquette de tennis qu'un fusil, si on voulait y réfléchir. Si on réfléchissait plus loin, on concluait que le car était le meilleur moyen pour quitter discrètement la commune. On n'a même pas besoin de se présenter au guichet. Il suffit d'acheter un ticket à la borne.

On pouvait imaginer un homme discret, montant par la portière avant, et poinçonnant son titre de transport, s'asseyant seul contre une fenêtre, ayant choisi de préférence une place tranquille, au fond, loin du chauffeur, deux ou trois jours après le meurtre pour qu'on ne puisse pas faire le lien, et ne se distinguant en rien des autres passagers, techniciens de la centrale ou employés du centre de Saulnières. On pouvait supposer que cet homme n'avait pas bronché quand son regard avait croisé les marronniers de la Boulaye au moment où le car accélère quand il sort de la zone urbaine. Mais comment mettre la main dessus ?

« Chou blanc, m'avait dit Massonneau. Impasse totale. »

*

Je me souvenais de ce triste mois de novembre, de la psychose qui s'était emparée des habitants. Il faisait gris et froid. Les volets étaient fermés dès six heures, les bâtiments du terrain de sport éteints dès la fin de l'entraînement, les berges de la Loire désertes. Il y avait un moment délicat, où chacun avait affaire avec soi, où chacun devait franchir comme un marécage intérieur, quand le soir brumeux, épaissi, descendait sur les arbres avec son odeur âcre de brouillard et de bruyère.

Par une curieuse coïncidence, d'ailleurs, dans ces jours-là, un cerf a été tué sur l'autoroute, à une dizaine de kilomètres. La bête sortait de la forêt. Il faisait presque nuit. Le conducteur, un agent de la poste de N, n'avait pu l'éviter. Une bête comme ça, ce n'est pas rien sous une voiture, ce grand corps encombré de bois. Les services sanitaires étaient intervenus pour la dégager du châssis. Ils lui avaient tranché la tête, la seule partie qui n'était pas abîmée. La voiture, très endommagée, avait été mise au garage ; et depuis, les curieux défilaient chez Ramon, successeur de Boulard, pour voir l'état de la carrosserie, et y chercher l'impact qu'avait laissé la bête.

Toutes sortes de bruits couraient.

On soupçonnait que l'homme avait pu arriver en barque et gagner la Boulaye par l'arrière ; on pensait qu'il rôdait encore. Les gens se méfiaient de l'île. Elle est là, au milieu du fleuve, séparée de nous par un bras d'eau luisant, arrêtée comme un bateau immobile. Son extrémité orientale est face au parc de la Boulaye. De l'île, même sans bouger, accroupi sur la berge, on voit la base de la maison réfléchie dans la Loire, toute la façade arrière. Le reflet est si net et l'eau si lisse que la ligne qui prolonge les murs, qui les dédouble en dessous du niveau de la terre, ne tremble pas. Elle est parfaite, symétrique, à peine plus sombre et plus courte. Quelqu'un qui se serait dissimulé dans l'île, quelque part dans le bois, surtout avec le jour que laisse la chute des feuillages, aurait pu surveiller ce reflet, repérer des fenêtres éclairées, surprendre les allées et venues de la femme et comprendre qu'elle était seule.

On murmurait que c'était un malade en qui la solitude, les crépuscules très bas, suivis par l'ombre humide des soirs d'automne, réveillaient un instinct terrible. Un fou échappé de l'hôpital, du centre dont personne ici n'ose prononcer le nom (le centre médico-spécialisé, comme dit l'administration municipale. Ou Saulnières. On préfère désigner par la localité, comme si le mot portait la poisse). Là encore, il y avait eu des protestations quand l'hôpital avait ouvert ses portes de ce côté-ci de la Loire, en face de la centrale ; le terrain ne coûtait pas cher, et ce n'était certainement pas un hasard. En tout cas, ça n'embellissait pas la berge : cette rangée de pavillons en quinconce, d'aspect banal, un peu comme une maison de retraite, mais le tout fermé par un grillage (les gens disaient : « Pour qu'on ne puisse pas voir ce qui se passe derrière »).

Dans le plus grand des bâtiments, on aperçoit une baie éclairée au néon, une salle en rotonde ; on dirait celle d'un réfectoire.

Les infirmiers qu'on croise au bar-tabac de N où ils achètent leurs cigarettes sont extrêmement discrets. Ce sont des gens qui viennent d'ailleurs. Ils ne se mélangent pas aux gens de la commune. Bien sûr, il leur arrive, comme à n'importe lequel d'entre nous, d'arrêter leur voiture et de plaisanter avec les filles de Stanislas, de celles qui traînent en groupes, avec des cigarettes, à la sortie des cours. Mais dans l'ensemble ils ont peu de contacts avec la population, qui s'en méfie.

Au centre, les fenêtres n'ouvrent pas de l'intérieur ; je le sais parce qu'on me l'a rapporté. Je sais aussi que quand on installe les pensionnaires, on leur retire tout ce qui peut blesser, les ciseaux, même les pinces à épiler. Pourtant, ils n'ont pas l'air dangereux. Certains sont amenés là parce qu'ils ne font que pleurer. On en croise quelquefois, sur les levées, et ils sont faciles à reconnaître. Certains marchent sans rien vous dire, traînant les pieds, les yeux rivés au sol. D'autres sont plus imprévisibles. Ils font demi-tour, vous regardent en biais et se mettent soudain à vous suivre. Ils suivent longtemps, sans vous parler, sans chercher à se rapprocher, sans chercher même à réduire la distance. C'est une des raisons pour lesquelles, ici, les femmes n'aiment pas se promener seules.

Vers quatre heures, quand les pensionnaires sont allés trop loin, des infirmiers passent en camionnette et les récupèrent ; le dîner est servi très tôt, à six heures, pour libérer le personnel.

Certains aussi vont sur les îles. L'après-midi, surtout l'été, les jours où il fait chaud, quand le courant, très bas, dégage de minces lagunes qui permettent de traverser à pied sec, il arrive qu'on aperçoive une silhouette au milieu de l'île. Elle fait de grands mouvements de bras, comme si la personne parlait seule. Les pêcheurs l'observent à la jumelle depuis leur barque ; ou les personnes de la maison de retraite Sainte-Anne, assises sur un des bancs municipaux.

Mais là, bien sûr, il n'y avait personne à s'asseoir sur les bancs, vu la fraîcheur qui s'était installée.

*

Les chasseurs étaient les seuls à n'avoir rien changé à leurs habitudes. Ils continuaient à battre la campagne. C'était la pleine saison, avant les premiers gels, et ils n'allaient pas s'en priver. Ils disaient qu'ils avaient leurs fusils et qu'ils n'avaient pas peur. Et à mi-voix, entre eux, ils promettaient que s'ils rencontraient un suspect, s'ils le trouvaient au cours d'une battue ou aux lisières d'un champ au bord de l'hôpital, *fou ou pas fou*, ils n'hésiteraient pas à l'abattre, froidement l'abattre. Pour ce genre de salaud, la justice est trop lente ; il fallait une vengeance. Il fallait qu'il comprenne.

Morlaix lui-même y avait fait une allusion pendant une de nos parties de chasse. Elles avaient quelque chose de rituel. Nous ne cherchions pas le gros gibier ; nous nous contentions de lièvres ou de canards. De plus en plus, d'ailleurs, à cause de l'âge de sa chienne, nous revenions bredouilles. Les jours de repos, il passait me prendre très tôt, le matin, vers cinq heures. J'entendais dans le chemin le moteur de sa Dyane antédiluvienne. La Dyane fait autant de bruit qu'un camion. On plaisante souvent là-dessus. Je lui dis qu'il pourrait quand même s'offrir un modèle neuf, mais je sais ce qu'il me répondra : la Dyane est increvable.

Sa chienne est installée dans le coffre, une vieille chienne encore très alerte, Ava, un épagneul. Il l'a appelée Ava à cause d'Ava Gardner. Comme je l'ai dit, Morlaix n'est pas causant et il limite l'échange au strict nécessaire, mais cette fois-là, sur le coup des dix heures, pendant qu'on dépliait l'emballage des casse-croûte, au centre d'une clairière, le thermos posé sur une souche, il avait retiré la couenne de sa tranche de jambon, il l'avait jetée à son chien, en l'air, comme un ruban, et m'avait dit, en désignant Ava d'une remontée du coude : « Celle-là vaut mieux que toutes les femmes. »

Je connaissais la femme de Morlaix ; je comprenais, et j'avais manifesté silencieusement mon accord, sans insister parce que je ne voulais pas d'histoires. Les couples sont ce qu'ils sont et quelquefois ils se servent de vous dans leur guerre. Préférable de rester en dehors. D'autant que Morlaix était capable de répéter tout ce que j'aurais dit, le soir, à son épouse pour montrer qu'il avait raison. Et en plus, quelquefois, je vais manger chez eux. Elle fait un très bon clafoutis aux poires. C'est précieux pour un célibataire. C'est vrai qu'elle a l'air assez sèche avec ses lunettes sur le nez, mais dans la vie on ne peut pas tout avoir. Et puis, elle a peut-être eu, elle aussi, son compte de déceptions. Morlaix boit trop. C'est sûr que ça finit par poser des problèmes.

Pendant que je hochais la tête d'un mouvement diplomate qui pouvait être interprété, au choix, comme un accord ou une discrète protestation, la chienne avait avalé le jambon et elle fixait son maître, la langue pendante, avec des yeux d'esclave. « Regarde ! m'avait dit Morlaix. Hein, ma belle, on se comprend, tous les deux ! Quand elle voit un lapin, c'est comme moi, ça la rend folle. Et puis, elle tient la route. À quatorze ans, elle chasse encore. Pas sûrs, nous autres, d'aller si loin ! Y en a plein qui s'arrêtent avant. Et y en a qui se font tirer dessus, comme des rats pris au piège ! » Il avait eu un petit rire satisfait que sa remarque ne justifiait pas vraiment, l'air en fait de se moquer de nous tous, d'être du bon côté, sur une planète tranquille, avec sa chienne.

Quatorze ans. J'avais fait le calcul. Il fallait multiplier l'âge du chien par sept. Quatorze ans, ça faisait quatre-vingt-dix-huit en années humaines — même s'il n'y a pas de correspondance exacte, selon le vétérinaire. Morlaix le reconnaît d'ailleurs, ce n'est qu'une approximation. Il n'y a pas de véritable rapport entre les animaux et nous sur cette question. C'est un peu comme si on essayait de comparer la vie de l'homme avec celle de certains insectes qui vivent un jour ou une semaine. Mais, toujours d'après lui, tout ça n'a pas été creusé suffisamment, la relation entre l'homme et le chien, l'affection, la manière dont ils nous comprennent.

La chienne a gémi et elle a dressé les oreilles parce qu'un faisan passait dans le champ. Il sautillait, à découvert. Un bel oiseau ; un plumage sombre, mais avec des reflets mordorés, comme des couleurs de chrysanthème au bout des ailes. Ses pattes effleuraient à peine la terre brune. Morlaix a dit : « Celui-là a de la chance qu'on soit occupés ailleurs. » Il a levé les bras sans ajouter un mot à la hauteur de ses épaules, ajustant un fusil imaginaire. Il a fermé les yeux comme s'il tirait à bout portant. J'étais tellement tendu qu'il m'a semblé entendre la décharge.

Le faisan a disparu sous le couvert. Des feuilles tombaient autour de nous, certaines déjà fripées, de la couleur des coques de noix, et tout en haut dans le ciel, au-dessus des troncs déjà bien dénudés, il y avait quelques beaux nuages ronds, très propres, qui ne gênaient pas le soleil. Des nuages faits pour être peints. C'était vraiment une belle journée. Du moins, ç'aurait été une belle journée si on ne pensait pas au reste.

J'ai gratté des perles de résine, solidifiées et dorées comme du miel, sur la souche où j'étais assis. Elles sortaient là où le tronc avait été coupé, de légères incisions dans l'écorce, comme d'une cicatrice.

Morlaix a dit soudain : « Pour la Boulaye, ils mettront du temps à trouver. Des types qu'ont des fusils, et des fusils prêts à tirer, il n'en manque pas dans la région. »

J'ai regardé mes mains tachées par la résine. J'ai dit : « J'étais passé là-bas, le soir, en me promenant. » Je voulais prendre un ton dégagé, mais je sentais que ma voix n'était pas naturelle.

Morlaix a siffloté. Il a commenté simplement : « Sacrée pluie, ce jour-là. » Je voyais qu'il réfléchissait et que le sujet de ses réflexions n'était peut-être pas en ma faveur.

J'ai dit : « Les fenêtres étaient allumées, mais je n'ai rien remarqué de spécial. Le bois était toujours pareil. »

Morlaix continuait à siffler. Il a ajouté, l'air de rien : « Il paraît qu'on l'a bien abîmée. »

Je me suis raclé la gorge, et j'ai mordu dans mon quignon. Moi aussi. Jambon-beurre.

Ce que je lui avais dit, Morlaix l'a sûrement raconté à sa femme dès le soir, et je vois d'ici la lueur méfiante, pleine d'un intérêt trouble, qui avait dû traverser ses yeux ternes. Et certainement, c'est elle qui lui a conseillé d'en parler à la gendarmerie, de le signaler, comme elle avait dû suggérer : « à tout hasard ». Toutes les informations sont bonnes à signaler, dans ces cas-là. Je voyais bien son argument, ses formules faussement circonspectes, ce qu'elle avait dû dire en faisant sa vaisselle. « Même des informations qui n'auraient a priori rien à voir. »

*

Les gens de N raisonnaient de la même manière. Au bar-tabac devant la halle, tout le monde venait apporter son témoignage. C'était un défilé de témoins qui passaient, l'air de rien, acheter un carnet de timbres ou un journal, en confrontant leurs hypothèses. Personne n'avait rien vu, sauf ceux — ils étaient peu nombreux — qui avaient assisté, comme moi, à la fouille des gendarmes, qui racontaient en boucle la grille ouverte, l'ambulance, les lumières des flashes dans le bois. Au comptoir, j'avais même croisé la femme de l'autre soir, celle qui me regardait en disant que ce n'était pas grave.

Ce qui faisait beaucoup jaser, c'était que la chose n'ait pas eu lieu n'importe où, mais à la Boulaye, à quelques mètres du cimetière. Car, maintenant, à bien y réfléchir, quand on voyait les croix (les plus anciennes dépassent nettement du mur et certaines sont plus hautes qu'un homme), l'endroit semblait sinistre, surtout le soir, avec la nuit. Des femmes âgées rappelaient qu'il y avait déjà eu des « phénomènes ». Certaines personnes avaient surpris un homme dans le parc, autrefois. On les avait traitées de folles, mais il fallait reconnaître que leur histoire était troublante et qu'elle tombait à pic : un grand homme en pardessus gris. Il se tenait toujours au même endroit, au bout de l'allée, pas très loin de l'ancienne terrasse, les témoignages concordaient. D'où elles l'apercevaient, il semblait appuyé à un arbre. C'était toujours à la même heure, dans la pénombre. D'abord, elles avaient cru qu'il s'avançait vers elles. Après, elles s'étaient aperçues qu'il n'avait pas remué. Il n'avait pas bougé. Il ressemblait au mort de la Boulaye, disaient ces femmes, celui qui s'est tué dans le virage autrefois. Il n'avait aucune expression, mais c'était son visage. C'était lui. Un bel homme.

« Qu'est-ce qu'il faut pas entendre ! » s'exclamait le patron du café en surveillant l'écran de télévision invariablement allumé sur un match. Ses yeux suivaient la balle à la surface du terrain. L'image bougeait, se rapprochait, donnait le tournis. « Qu'est-ce qu'il faut pas entendre ! » Un jour, un client avait crié, de sa table : « Si ça se trouve, c'était une statue qu'elles ont vue ! La Boulaye, c'en est plein ! »

*

Toujours est-il que pas une femme ne voulait sortir seule au-delà d'une certaine heure. Deux ou trois fois, j'avais raccompagné Christiane, qui habite en dehors de N, dans une ferme rénovée. Elle me demandait d'attendre jusqu'à ce qu'elle ait tourné sa clef dans sa serrure. Pourtant, aucun des soirs où je l'avais déposée, elle ne m'avait invité à entrer. Lorsqu'elle avait fermé sa porte, elle n'allumait pas la lumière. Au début, je ne comprenais pas pourquoi. Mais en faisant plus attention, j'avais deviné sa silhouette immobile, appuyée contre le rideau de la pièce du rez-de-chaussée, masquée par les plis du tergal. Elle devait penser que l'ombre la protégeait, et me surveiller pendant que je faisais ma marche arrière. En démarrant, je sentais son regard.

Il faut que je parle un peu de Christiane. C'est une brune au visage large, pas vraiment belle, mais pas non plus désagréable. Depuis dix ans que je travaille ici, je l'ai toujours vue au comptoir de la cafétéria, où elle sert du thé en gobelets et les brownies qu'elle fait elle-même, et qui sont d'ailleurs délicieux (une invention de Gendron, cet espace : trois tables, une machine à boissons, tout ça pour moderniser le musée, forcer la convivialité, simplifier le rapport du public avec l'art).

Christiane s'intéresse à ce que je fais ; une ou deux fois, elle m'a demandé de lui montrer mes tableaux. Je la ramène assez régulièrement. Je l'ai même invitée pour un apéritif quand j'ai vendu ma première toile dans une petite galerie, à quelques kilomètres.

Je me souviens qu'un jour, comme nous rentrions tous les deux, je lui avais demandé pourquoi elle ne portait jamais de jupe, pourquoi elle ne s'habillait pas d'une manière plus féminine : « Ça vous irait bien, avais-je dit, vous pourriez, Christiane. »

En fait, c'était stupide et je m'en étais tout de suite voulu. Elle était devenue très rouge. Elle avait dû penser que je voulais voir ses jambes, que j'avais des idées derrière la tête. Elle avait balbutié que pour être derrière son comptoir… « Ici », avait-elle soupiré, rouge comme une tomate, en faisant un petit mouvement assez triste. Et je comprenais. En dehors de la saison, il y a des jours où il ne passe que deux ou trois visiteurs. Ou des classes. C'est le pire, les classes. Ils ricanent devant les nus. Il faut faire de la discipline.

Je m'étais aperçu qu'elle pleurait. J'avais arrêté la voiture dans le chemin et je l'avais prise dans mes bras. Nous n'avions jamais reparlé de cet épisode. Mais depuis l'affaire de la Boulaye, je sentais qu'elle prenait ses distances avec moi. Dans la voiture, quand je la ramenais, elle parlait par monosyllabes ; elle paraissait tendue. Je voyais ses mains se crisper sur les plis de son éternel pantalon. Je me disais qu'assise à côté de moi dans ma Twingo, tripotant nerveusement son vieux jean, elle devait se souvenir de ma remarque, y repenser en se faisant chauffer une brique de soupe. Peut-être même qu'elle se dirait que c'était suspect, qu'il y avait anguille sous roche. (C'est le genre de fille à penser, quand on lui fait un compliment, qu'on est maniaque.) Peut-être aussi que des bruits avaient couru, que Morlaix s'était arrangé pour lui toucher un mot de notre conversation à la chasse. J'étais sûr qu'elle me soupçonnait, collée contre ses rideaux de tergal. Elle attendait d'être bien sûre que je démarre ; elle suivait la lumière des phares à travers les trous de la haie jusqu'à ce que la voiture ait tourné dans le chemin.

Mais ça ne veut rien dire. J'aurais pu me garer moi aussi, contre le talus, au bout d'un kilomètre, en éteignant mes phares ; j'aurais pu revenir. J'aurais pu me plaquer contre un mur, attendre qu'elle ouvre une fenêtre et qu'elle glisse sa main au-dehors pour fermer ses volets. Il y a toujours un moment où on ne fait plus attention, où on oublie ; voilà ce que j'avais envie de lui dire. Hein, Christiane ? Un moment où on baisse la garde. *Même la peur s'oublie.*

C'est vrai que l'endroit n'est pas aussi isolé qu'il paraît. Il y a une autre maison habitée dans le village, mais elle est de l'autre côté de la ferme et elle tourne le dos au chemin. Christiane avait d'ailleurs pris soin de me le rappeler. Elle m'avait dit : « J'ai toujours le numéro des voisins sur ma table », et j'avais entendu dans sa voix le désir, assez ingénu, non seulement de me rassurer, mais surtout de me prévenir. Comme dirait Massonneau, je ne suis pas né de la dernière pluie.

Je remettais le moteur et j'allumais mes phares. La voiture secouait un peu dans le chemin. Elle sentait le skaï des fauteuils, et aussi l'odeur de Christiane. L'odeur qu'y avait laissée le passage de Christiane. Je longeais une réserve de chasse, puis un verger de pommiers, puis un champ de maïs qui, l'été, avait l'air d'un champ de cannes à sucre ; ce n'étaient plus que des tronçons éparpillés. Dans le pré d'à côté où la ferme met du bétail, une vache passait la tête par-dessus une clôture électrique. Je savais que si j'étais sorti de ma voiture, j'aurais entendu les décharges espacées, régulières, du courant, et que ç'aurait été le seul bruit, absolument le seul, dans la campagne.

La vache ne bronchait pas. Je regardais son grand corps paisible dans la nuit. Les bêtes ne détournent pas le regard. Ses pupilles nues s'emplissaient de la lumière artificielle, jaune et blessante, de ma voiture.

Je m'étais conduit de manière stupide, et j'ai même cru que ça pourrait finir par tourner mal. Quand les gendarmes étaient venus au musée, j'avais été interrogé comme témoin. J'avais évoqué la visite de la femme. J'avais dit que je l'avais reconnue, qu'elle avait traversé la salle dont je m'occupais, vers cinq heures. Mais il pleuvait beaucoup ; le temps était très sombre. Il pouvait être légèrement plus tôt ou plus tard, il pouvait y avoir une marge, je l'avais aussi reconnu. En le disant, je revoyais les arbres sous la pluie, le mouvement éperdu des arbres.

« Vous ne lui avez pas parlé ? m'avait demandé un des hommes.

— Non, avais-je dit. Je la connaissais peu. De vue, avais-je expliqué simplement. Comme on connaît certaines personnes. Elle venait en vacances autrefois. »

Je bafouillais. C'était trop compliqué. J'avais parlé de ma promenade tardive. J'avais dit que j'étais passé devant la Boulaye, que les deux fenêtres étaient allumées au rez-de-chaussée, que quand j'étais revenu ce n'était toujours pas éteint.

J'ai su plus tard qu'une personne m'avait aperçu juste au moment où elle fermait sa porte de garage.

« Donc, vous aviez compris qu'elle dormait là ? avait insisté le gendarme.

— C'est ce que je pensais, ai-je répondu. J'avais de bonnes raisons pour le croire.

— Vous alliez où ? Vers la centrale ? Drôle d'endroit, avait-il commenté d'un ton sec, la nuit, pour se promener. La pluie ne vous dérange pas ? »

J'avais dû parler de la grange, me justifier. « Je travaille, avais-je dit, m'embrouillant, sur un paysage. J'ai besoin d'éléments pour peindre. »

Je savais ce qu'ils pensaient de moi : ça se voyait comme le nez au milieu de la figure. Un drôle de type. Un peintre qui vit seul. Mais Massonneau s'était montré beaucoup plus conciliant. Je le connaissais un peu. J'avais souvent affaire à lui pour des questions de sécurité dont Gendron se déchargeait sur moi, notamment les problèmes de l'alarme. C'est un homme expérimenté et affable.

« Je vous comprends, m'avait-il dit. Moi aussi, j'aime marcher le soir, et ce chemin est agréable au bord du fleuve. Ici, il n'y a rien d'autre. Le sport ou la télévision. Des kilomètres pour trouver un cinéma. L'eau, c'est comme une présence. On ne sait pas exactement pourquoi. Peut-être parce que ça reste clair aussi tard. Je suis comme vous. J'aime bien la marche. C'est une médecine comme une autre. Dans la vie, il y a un cap difficile à passer, vous ne trouvez pas ? C'est le même pour tout le monde. Le milieu. Penser que c'est le milieu, qu'après il sera trop tard, qu'il est peut-être trop tard, déjà. Quand on regarde derrière soi, on voit tout ce qui ne va pas, tout ce qu'on aurait dû faire ; on a l'impression de comprendre. Mais quand on regarde devant soi, c'est plutôt noir, il faut l'avouer. On éprouve le besoin de marcher, de se dégourdir les jambes. »

4

Novembre était passé. Jours gris. La Loire plombée ; et le matin, parfois, des traces de gel comme un peu de bave d'escargot sur les feuilles mortes. On voyait loin, jusqu'à la tour du château d'eau. Les bois de l'île avaient l'air de fagots. J'avais abandonné la toile à laquelle je travaillais. Un soir, je l'ai déchirée.

Dehors, on ne voyait toujours pas un rat. À part toutes ces allées et venues au bureau de poste et au tabac (toujours sous le prétexte d'acheter le journal ou des timbres) et des pêcheurs à taquiner le brochet, mais prudents, bien visibles, au milieu de l'eau, debout sur leur barque, exposés au milieu du fleuve. Et le fleuve d'un gris de tourterelle, éclairé comme par en dessous, brillant, un peu houleux. Une lumière impossible à rendre.

Officiellement, l'enquête patinait. Dans les journaux, on avait beau chercher, il n'y avait plus aucun article. Une espèce de grillage avait été tirée au-dessus du mur de la Boulaye pour décourager les curieux ; ça donnait l'impression de travaux. Il paraît qu'ils n'avaient touché à rien à l'intérieur, que son mari à elle n'avait même pas voulu entrer dans la maison, qu'il y avait une terrible odeur de moisi dans les pièces vides.

Les volets étaient refermés et cloués. Une chaîne cadenassée fixait la grille. Le parc restait avec cette beauté singulière, dévastée, de la fin de l'automne, le figement de ses arbres, ses paquets de feuilles brunes et ses statues crayeuses dont les corps avaient l'air durcis par le froid. Quand il y avait un peu de soleil, le même chat roux, au museau tatoué de noir, comme un boxeur qui vient de prendre un mauvais coup, venait dormir sur la balustrade du perron, en laissant pendre une queue aussi fournie que celle d'une loutre.

Le procureur d'Angers avait fait éplucher les autorisations de sortie à Saulnières, mais ça ne donnait rien. Vu le temps qu'il faisait ce jour-là, aucun des pensionnaires n'avait quitté le centre. La journée avait traîné en longueur. Beaucoup l'avaient passée au lit, avec des somnifères. « C'est une mauvaise période pour nos patients, avait observé le directeur, ces feuilles qui tombent, le ciel si bas. Le climat agit sur les dépressifs plus que sur les gens ordinaires, si tant est qu'il y ait des gens ordinaires, que dans ce domaine on puisse parler d'une norme, avait souligné le directeur — ce qui est un autre débat. Il faut être très fort pour rester insensible au climat, ne pas subir son influence. Je ne sais plus qui a dit : “J’ai mes brouillards et mon beau temps au-dedans de moi.” Probablement un philosophe ! » Le directeur avait raccompagné les gendarmes à la porte ; il avait répété : « Un philosophe ! »

« Ceux qui soignent ces gens-là sont presque aussi fous qu’eux, a commenté placidement Massonneau. Moi, je sentais qu’on n’était pas sur la bonne voie. C’est là que j’ai commencé à me dire qu’on avait mal pris le problème. À mon avis, cette idée de rôdeur ne tenait pas debout. Tout le monde s’y accrochait parce qu’elle est bien commode, mais moi, je n’y croyais pas. C’est rassurant de penser que le mal vient de l’extérieur. C’est toujours le premier réflexe. Passe encore si la femme avait été trouvée dehors, sur les levées, dans le chemin. On pouvait croire à une mauvaise rencontre. Mais elle était dans la maison et il n’y a pas eu de vol. Vous me direz que là-dedans il n’y a plus grand-chose à prendre. Tout a été vendu. La valeur est dans l’emplacement, dans le terrain ; ce sont des choses qui ne s’estiment pas. Mais qu’est-ce qui empêchait de penser que le visiteur avait eu une clef autrefois, qu’il s’en était servi, ou qu’elle-même n’avait pas refermé sa porte ? Qui empêchait de croire que celui qui était venu la connaissait ? Un règlement de comptes, en quelque sorte. Et quand je parle de comptes, il ne faut pas, à moi, me raconter d’histoires. »

Massonneau a laissé passer un peu de temps, comme s'il ménageait ses effets : « Ce type du restaurant, cet ingénieur avec qui elle avait déjeuné le midi ne me paraissait pas clair. Il y avait des trous dans sa version. Il pouvait se fabriquer n'importe quel alibi, avec son poste. Des déplacements. Un rendez-vous. Le soir, il n'était pas chez lui. Il paraît qu'il avait une négociation importante, mais impossible à vérifier. Tout ce qui touche à la centrale reste secret.

L'homme connaît le coin ; il est déjà venu à la maison plusieurs fois ; il sait qu'il est tranquille.

Personne ne passe à cette heure-là sur le chemin. À part vous. Vous êtes le seul être vivant à des lieues. Tout le monde est ramassé chez soi. Il pleut des cordes. Pour une raison ou pour une autre, il veut absolument la revoir. Si vous suivez mon raisonnement, rien n'empêche donc que ce même homme avec qui elle a déjeuné le midi soit revenu un peu plus tard. Il en avait largement le temps ; il avait sa voiture. Pourquoi ne voulait-il pas que son épouse soit informée de ce repas ? Et pourquoi parlait-il d'une *situation* ? Quelle *situation* ? Je n'en connais pas beaucoup, entre un homme et une femme.

Vous me suivez ? » m'a dit Massonneau.

J'ai répondu que je suivais très bien. Mais j'avais l'impression d'être très fatigué, comme si le poids de ces semaines s'alourdissait sur moi.

« Voilà ce que je pensais, a repris Massonneau. Il ne fallait pas beaucoup de jugeote. La réponse était là, devant moi. Cet homme n'était pas clair. Il avait beau avoir tous ses diplômes, et être invité chez le préfet, dont il nous a donné le numéro de téléphone — ce qui, par parenthèse, ne m'a pas plu du tout.

J'avançais.

J'étais seul, ça m'a pris près d'un mois, mais j'avais un ensemble de faits et je pouvais les établir. Je suis arrivé à cette solution qui semblait la plus improbable, celle que tout le monde avait éliminée, notez-le bien, parce que tout le monde cherchait *un fou* ! Il faut s'entendre sur le mot "fou". C'était bien un fou dans son genre, mais pas de ceux qu'on trouve à l'hôpital. Ceux qu'on croise dans la rue, vous et moi, tous les jours. Un homme marié, père de famille, sans histoires. Aucun problème d'argent ; aucune difficulté particulière dans son travail. Ce qu'on appelle un homme installé, même quelqu'un qui a réussi par rapport aux critères communs. Tous les signes extérieurs du succès : une grande maison avec pelouses, cheminée, salon de jardin en teck, portail à ouverture automatique. Quand il tire les rideaux du salon sur son bow-window à l'anglaise, ça donne sur le fleuve. Une vraie carte postale. La bonne orientation quand le soleil se couche. Plein ouest. Et c'est pareil de son bureau, dans la pièce où il nous a reçus, dans l'enceinte de la centrale. Sans se déplacer, depuis sa fenêtre, il a ce que viennent chercher les touristes, tout ce pour quoi ils paient si cher, tous ces voyages organisés qui passent en car, avec visite du musée, menu régional aux Chaînes d'Or. Tout bénéfice pour la commune.

Mais après ? Oui, après ? Eh bien après, justement rien. C'est le problème.

Il y a un moment dans la vie, vers quarante, cinquante ans, où un homme s'aperçoit qu'une grande maison et un beau poste, et une belle vue depuis sa fenêtre, ça ne sert à rien, que sa vie ressemble à du sable. Connaissez-vous cette théorie assez simpliste mais commode des psychologues ? Ils appellent ça la pyramide de Maslow. On s'en sert dans les cabinets de conseil en ressources humaines. Quelquefois, c'est par des voies simples qu'on approche la vérité. Selon Maslow, quand les besoins élémentaires de l'homme sont satisfaits, il en conçoit d'autres, de plus subtils, de plus abstraits ; il n'y a pas de satiété pour lui ; il devient de plus en plus exigeant. Ce qu'il désire devient aussi plus préoccupant et plus vague. »

Massonneau s'était tu. Il paraissait rêveur.

« Une belle femme », avait-il dit enfin.

Il me regardait, mais je n'ai rien manifesté. Il s'est repris : « Enfin, je pense que c'est ce qu'on appelle une belle femme. Des atouts. Beaucoup de charme. Naturellement, j'ai vu plusieurs photographies ; j'ai interrogé des témoins. Mais en même temps une personnalité bizarre, instable — je ne sais pas comment formuler —, comme si elle n'avait jamais su choisir, jamais vraiment trouvé sa place. Curieux quand même, de voir des gens *scier la branche sur laquelle ils sont assis.* »

Il n'avait pas développé sa pensée, se contentant de sortir son paquet de John Player Special. Il avait répété : « Oui. Curieux », mais de manière presque inaudible, en tapotant sa cigarette contre la table.

Je croyais entendre mon père au moment où j'avais annoncé que je voulais m'inscrire aux Beaux-Arts. Exactement la même formule. Et j'avais l'impression de voir une scie s'enfoncer dans une branche. La scie automatique quand on avait abattu le châtaignier du jardin parce qu'il prenait trop de place et que les racines risquaient de saper les fondations du mur. Je me souvenais d'une odeur de feu : on avait fait brûler tout ce qui restait de feuillage. Comme le temps était humide, la fumée avait recouvert les jardins d'à côté. Elle restait basse. Elle n'arrivait pas à monter. Elle avait une odeur très âcre.

« L'amour... avait dit Massonneau. L'amour *insatisfait.* »

Il avait haussé un sourcil : sa manière à lui de demander si la fumée de sa cigarette me dérangeait. J'avais fait signe que non. Je l'avais regardé approcher son briquet. Dans ma tête, je voyais toujours l'arbre, la scie qui s'enfonçait, les branches débitées en morceaux qu'on avait fait brûler pendant l'hiver ; le jardin avait paru nu, et je voyais mon père. Mon père savait de quoi il parlait quand il parlait de scie et de branche, et de faire le bon choix, et de ne pas se tromper. « Le commerce, avait dit mon père. Ou du droit. Pourquoi pas ingénieur à la centrale ? Des revenus stables. Les choix qu'on fait sur des coups de tête. Un jour, tu te repentiras d'avoir *gâché ta vie.* »

J'ai regardé Massonneau. Massonneau a une petite moustache. Je ne sais pas ce que son père lui a dit quand il a annoncé qu'il voulait être gendarme ; ça doit bien faire un bail maintenant. Difficile de savoir, d'ailleurs, si Massonneau voulait vraiment être gendarme, ou s'il y est arrivé à cause de la sécurité de l'emploi. Gendarme, c'est respectable ; c'est l'armée ; c'est bien vu par ici. On aime l'ordre. Je sais ce que mon père pense de moi : un fruit sec, et un poste obtenu grâce à ses relations avec le secrétaire de mairie. Un incapable. Il le pensait au moins jusqu'à ce que j'aie vendu cette toile à un collectionneur, un homme assez important dans le milieu, propriétaire d'une galerie à Paris, Darmon fils. L'homme avait même promis de passer par la grange parce qu'il était intéressé par mon travail (il était resté un moment ; je lui avais sorti tout ce que j'avais, même des toiles qui n'étaient pas finies). Il avait dit : « Cet étonnant travail sur la lumière. »

« Lui, je n'en parle pas, avait poursuivi Massonneau. Il en prend pour trente ans. Quelqu'un qui avait tout. Il suffisait qu'il reste sur les rails. »

Je me suis dit que Massonneau fumait trop, que lui aussi, à sa manière, gâchait ses chances. Que peut-être nous passions notre vie à gâcher nos chances. On trouve toujours, je me suis dit, une occasion pour ça ; on mange trop ou on ne mange pas ; on travaille trop, on ne travaille pas. On remue trop ou on ne bouge pas. C'est terrible. On ne peut pas rester *au milieu*. Il y a toujours quelque chose.

Et la fille de la Boulaye, elle aussi, ce rendez-vous, pourquoi l'avait-elle accepté ? Qu'est-ce qu'elle cherchait ? À partir de quel jour avait-elle été sur la pente ?

Je me rappelais ses yeux clairs et son visage boudeur, le sac qu'elle balançait sur une épaule par sa courroie quand elle venait à la piscine l'après-midi, traversant le jardin Garnier à l'époque où il faisait chaud, où la Loire est si basse sous le pont qu'on voit tout l'intérieur des arches.

Je me souvenais des jours d'été.

Sous la roseraie qui donne le plus d'ombre, l'après-midi, quand il faisait très chaud, il y avait toujours des femmes, bras nus, à demi étendues sur les bancs, surveillant les enfants accroupis sous leurs petits bobs de teinte pâle. À cause de l'extrême chaleur, ces femmes ne remuaient pas davantage que des personnages de tableau. Seuls bougeaient de tout petits oiseaux qui sautillaient et se baignaient dans la vasque de la fontaine (une large coquille en bronze), et le filet étroit mais ininterrompu et clair comme un cristal qui coulait de la gueule ouverte du lion, à peine plus large que ce qui sort du goulot d'une bouteille. Personne n'avait le courage de remuer, mais *elle*, la fille de la Boulaye, elle ne prenait même pas la peine de chercher l'ombre, elle avançait de son pas nonchalant au milieu de l'allée brûlante. Elle ne portait même pas de chapeau, par provocation.

Souvent, moi aussi, j'allais lire sous la roseraie du jardin Garnier aux heures les plus chaudes. L'ombre y était trouée, vibrante comme celle qui passe à travers le tressage un peu lâche d'un grand panier. Les roses dégageaient un parfum sucré sous cette ombre. Toutes les boutiques étaient fermées, mais des gamins secouaient la poignée de la porte de l'épicerie à laquelle était attachée une cloche, et l'épicière sortait de sa sieste pour leur servir un Esquimau ou ces petites glaces en pots bicolores vanille-chocolat, vanille-fraise.

Je la suivais des yeux ; je la voyais tourner devant le buste de Garnier, passer le long des orangers et des palmiers en pot. Je suivais le balancement de la courroie du sac sur l'épaule brune. Elle avait une robe courte et mauve, de coton indien, des espadrilles à talons compensés.

Elle marchait vite, toujours un peu de travers, sans presque poser ses talons sur le sol. Tous les après-midi, elle se rendait à la piscine, dont la rumeur de cris et de bruits d'eau traversait le silence suffocant du jardin, comme celle d'une cour d'école.

C'était l'époque où il y avait ce maître nageur, Frédéric, un grand blond qui donnait des leçons de crawl. Il était employé l'été par la commune. Elle l'avait repéré et ça n'avait pas fait un pli, naturellement. Le soir, au Black and White, elle était arrivée avec lui. C'était à cause de ce maître nageur que l'idée lui était venue, ces leçons de perfectionnement en crawl. Un prétexte. À la piscine, elle nageait peu, se contentait de tremper ses pieds dans le bassin, assise sur le rebord, éclaboussée par les petits, le visage caché par ses lunettes de plastique noir. Elle laissait le soleil lui brûler les épaules.

Elle avait le teint mat ; au fur et à mesure qu'avançait la saison, elle portait des robes de plus en plus claires ; le soir, toujours en blanc parce que les spots violets du Black and White donnaient à cette couleur l'étrange luisance de la neige. On ne voyait qu'elle au milieu de la piste. Et ça non plus, ça ne faisait pas un pli : dès que je l'apercevais, mon cœur se mettait à battre, un mouvement brusque, étroit, nerveux, comme celui des petits oiseaux dans la vasque, un mouvement épuisant, accéléré par la chaleur. C'était ce charme, insaisissable.

*

« Beaucoup de types étaient amoureux d'elle. Plus ou moins. Vous savez ce que c'est. D'elle plutôt que d'une autre. Mais je crois qu'elle s'en moquait. C'était un jeu pour elle. Elle se comportait, ai-je dit sourdement, comme une allumeuse. Elle les piégeait. » Je revoyais le type de la galerie, le Parisien, son air sournois et son écharpe beige. Et l'autre, celui de la salle d'attente, le jour où elle était tombée de bicyclette, et le gitan. Oui, me disais-je, avec colère. Ce n'était pas correct.

Massonneau a haussé les épaules. Il s'est penché vers moi :

« L'ingénieur s'est pendu. Vous comprenez ? Pendu. On est arrivés juste à temps. On ne surveillait pas la pièce où on l'avait mis parce qu'il avait l'air assez calme. Pourquoi auriez-vous voulu qu'on surveille ? Du bricolage, avec sa chemise. Et peut-être du cinéma, mais assez pour me mettre dans une situation délicate. Le médecin dit qu'il pourra s'en sortir, mais qu'il n'aura pas la mémoire intacte. Il y a des risques d'œdème au cerveau. Je ne vous cache pas qu'on m'a reproché d'être allé vite. Dans le métier, dès qu'il y a un problème, on vous reproche d'aller trop vite. Je ne me fais pas d'illusions pour autant. Dans le cas contraire, ç'aurait été l'inverse. Imaginez si au bout de deux mois j'avais dû reconnaître que nous n'avions pas la moindre hypothèse. Même pas le début d'une piste ! »

Il s'est remis à fumer. J'ai vu que son paquet était aux trois quarts vide. Nous étions attablés un midi dans une des pizzerias du centre, *Al Chiaro di Luna*. Et nos deux pizzas grillaient dans le four, l'une à côté de l'autre, le fromage commençait tout juste à mollir ; une Napolitaine et une Quattro Staggione, le four chauffait avec ses deux disques de pâte, tout plats, recouverts de tomate en purée et je voyais derrière le rideau au crochet clignoter le feu du carrefour qui n'arrêtait personne. N est morne, et c'était un lundi. Le salon de coiffure Esthétique Bel Hair était fermé, je lisais sur la vitre : Permanente, Coupe, Brushing, avec les tarifs, le cabinet d'assurances Robin était fermé, la pharmacie, le magasin de mode Clémentine dans lequel un mannequin de bois au buste proéminent avait été revêtu d'un manteau de lainage boutonné sans grande forme. C'était bien un lundi ; je ne sais pas ce que les gens font à N le lundi, la fille de la Boulaye avait été trouvée un lundi. Mais la mort remontait à quelques jours. L'ampoule de la lampe de chevet avait brûlé pendant tout ce temps-là. Massonneau l'avait éteinte lui-même, quand le constat avait été fini.

J'ai regardé les photos accrochées au mur au-dessus de moi, dans des cadres bon marché, bleu marine. Naturellement, Venise ! des silhouettes de gondoles dans le brouillard, la lune sur les coupoles de Saint-Marc.

Oui, me suis-je dit, cette effronterie et ce sourire, cette manière de danser comme si le reste ne comptait pas, comme si le monde pouvait s'effondrer autour d'elle. Elle se moquait de nous comme de sa première chemise. Mais danser, je ne sais pas ce qu'elle avait avec ça. Toujours la dernière à partir !

Je revoyais les mobylettes, passé minuit, quand tout le monde démarrait devant la porte à deux vantaux du Black and White (ça voulait donner l'impression d'un saloon ; ce n'était qu'une ancienne écurie dont on avait aménagé les stalles).

Même tard, le vent de la nuit restait doux. Quelquefois, la fille de la Boulaye était assise devant moi sur un porte-bagages, les bras serrés autour du blouson du garçon qui l'avait fait danser. À un moment, ç'avait été ce Frédéric, le moniteur de natation qui donnait des leçons de crawl. Il roulait en moto. Ça avait duré plus longtemps avec lui. Peut-être bien tout le temps de l'été dont je parle. Je ne sais pas ce qu'elle lui trouvait, à ce bellâtre, ses muscles ou son bronzage !

Je suivais la moto ; c'était mon chemin. Je voyais son dos dans mes phares, ses cheveux soulevés par le vent de la nuit. Quand la moto devant moi accélérait dans les virages, il m'arrivait de les perdre de vue. Puis je les retrouvais. Le type avait dû essayer de me semer, ou simplement d'impressionner sa passagère par la reprise de son moteur. Je ne crois pas qu'ils se parlaient. Elle avait l'air de se laisser glisser les yeux fermés sans regarder la route.

Il l'arrêtait devant la grille de la Boulaye. On devinait à peine la maison dans le bois. Il n'y avait aucun éclairage. Sur les fenêtres éteintes, toujours obstruées de rideaux, quelquefois, en tout petit, on avait l'impression d'une lumière mais c'était le reflet du phare rond du motard, à peine plus gros qu'un œil de chat. Le feuillage des marronniers, aussi épais qu'un mur, couvrait toute l'entrée du parc. Je me souviens aussi du nuage pâle, régulier, vertical, qui montait nuit et jour des tours de la centrale, qui embuait comme du coton la Voie lactée, si bien qu'il était rare depuis que la centrale avait été construite de voir au-dessus de N le brasillement silencieux, la croûte impure que forment les étoiles.

Quelquefois, le chien aboyait. Elle courait sur le chemin de gravier, passait le long des joueuses de palet, disparaissait au bout du chemin qu'il éclairait avec ses phares. Mais la maison restait éteinte. C'était ce qu'il y avait de plus étrange à la Boulaye, cette maison toujours éteinte. Ce que j'ai su depuis, c'est qu'il n'y avait jamais personne à l'intérieur. La « tante » était devenue insomniaque ; elle sortait la nuit, marchait de long en large sans pouvoir se résoudre à dormir, passant silencieusement entre les tulipiers, les buissons de lilas, les fleurs de ses derniers massifs qu'elle n'entretenait plus, qui poussaient à l'état sauvage. Parfois aussi, assise au bout de la propriété, au bord de l'eau ; des heures sur une roche plate, absente, suivant l'invisible mouvement du fleuve, son flux noir et secret.

Quelquefois, les phares d'une voiture isolée dessinaient le tracé d'une route aujourd'hui disparue sur l'autre rive, ses parements de végétation somptueux. Il y avait encore de grands arbres. La plupart ont été abattus parce qu'ils gênaient le percement de l'autoroute.

La fille savait où la trouver. Elle courait dans le bois, descendait jusqu'à l'eau, la persuadait de revenir. Et les deux femmes, se poursuivant, chuchotant, la plus jeune soutenant l'autre, lui parlant à voix basse, la rassurant, la consolant, passaient dans le parc, comme des ombres.

II

1

« J'ai tout repris par le début, et je suis monté aux Chaînes d'Or, m'avait raconté Massonneau. Je me suis décidé brusquement. Je préférais aller sur place. Je me suis présenté à l'heure creuse, au milieu de l'après-midi. Elle avait été vue, passant la grille du restaurant dans la voiture de cet homme, cet ingénieur. Lui ne s'en était pas caché, d'ailleurs. L'homme », a répété Massonneau. Il a paru chercher une périphrase mais il n'a rien trouvé. Il a dit simplement : « J'ai demandé à voir la serveuse. Quelquefois, ces filles-là sont futées et elles repèrent pas mal de choses. La fille était en train de sortir les couverts du lave-vaisselle et les rangeait dans les tiroirs. C'était une petite brune à l'air buté. Je lui ai montré une photographie de la femme ; il ne faisait pas clair ; elle s'est rapprochée de la fenêtre pour mieux voir et elle a observé la photo sans surprise avec une sorte de curiosité rêveuse. J'ai demandé : "Ce visage vous dit quelque chose ?" Au début, elle était réticente. Je n'arrivais pas à lui tirer deux mots. Elle répétait : "Des clients comme les autres. Je les ai servis. Je ne vois pas en quoi ça peut intéresser." » « Bavarder, avait répondu Massonneau. Simplement bavarder. Quelque chose d'informel. Peut-être que des observations toutes bêtes, qui seraient précieuses pour nous, ne vous sont pas venues à l'esprit. Je n'enregistre rien. Je me mets là, dans le petit coin. Vous continuez à travailler. Je ne bouge pas et on discute. »

Il avait vu dans la cuisine un cageot plein de girolles, ce qui lui avait permis de trouver une entrée en matière, un terrain neutre, et c'est très simplement, en parlant des girolles, que la fille s'était radoucie, qu'elle avait raconté ce qu'elle avait surpris pendant ce déjeuner qui avait commencé vers midi au restaurant de l'hôtel des Chaînes d'Or.

L'homme avait réservé à la fin de la matinée depuis un portable. Il avait demandé une table tranquille, avec vue sur la Loire. Comme les clients ne se pressaient pas, ils avaient eu la meilleure place, une table à l'écart, poussée contre la baie vitrée vers le fond de la salle, d'où on domine la courbe, le tracé un peu mou du fleuve, là où il se sépare en deux bras, le bandeau de l'île couverte de bois roux.

Quand Massonneau était monté, vers les cinq heures, la lumière de l'après-midi finissant était retirée sur la Loire et elle luisait à la surface. Par contraste, la salle semblait sombre et froide ; le chauffage avait été coupé entre les services. Il s'était tenu un moment au milieu, surpris par le silence d'une grande salle de restaurant vide, avec son buffet recouvert d'huiliers, de cendriers. Au centre, sur un dressoir, une composition de fleurs artificielles auxquelles avaient été ajoutées des feuilles mortes du parc pour donner une allure automnale.

Le couvert venait d'être mis pour le soir, les verres tulipe côte à côte, les serviettes pliées en travers des assiettes, l'argenterie tiède du lave-vaisselle. Une odeur de cuisine flottait. L'ensemble dénotait le confort un peu raide et cossu d'un établissement provincial recommandé dans plusieurs guides. Les chaises étaient à haut dossier, tendues d'un velours rouge maintenu par des clous, de style Henri IV. Le mufle d'un cerf ressortait sur la cheminée comme si le cou puissant avait traversé la paroi. Les yeux doux et saillants devaient être faits de deux billes.

Pensif, Massonneau avait observé le clocher de Lozeray, tout petit sur la droite et, en bas du coteau, par-delà les bandeaux parallèles de la route et du tertre de la levée, la Loire pleine de reflets de cuivre. L'eau semblait immobile parce que le soir tombait.

En se penchant, il pouvait même voir la Boulaye, en contrebas, les deux cheminées symétriques, les pentes des toits d'ardoises, le grillage tendu sur les murs comme celui qui protège un chantier. Seules restaient, sur le gravier, des traces de pneus, en cercles. Certaines fougères avaient été couchées par les allées et venues récentes.

Dans son dos, la serveuse avait dit : « Je ne sais pas s'ils vont vendre. Ce sera difficile après ce qui s'est passé. — On oublie, avait dit Massonneau, vous savez. À la longue. »

Mais la fille avait haussé les épaules. Elle avait indiqué les deux sièges tapissés de rouge sombre, face à face. Elle avait dit que l'homme parlait beaucoup, que ce n'était pas la première fois qu'elle le voyait. La femme ne mangeait presque rien. Elle gardait les coudes pliés dans une posture un peu crispée, les épaules contractées, les genoux croisés sous la table. La serveuse se souvenait aussi qu'elle portait un tailleur de lainage ajusté, trop élégant pour la province. J'ai d'abord cru (avait-elle dit) que lui travaillait dans une banque. Nous avons beaucoup de clients du Crédit agricole ou du Crédit mutuel qui réservent des déjeuners.

Ils étaient arrivés peu après midi. L'homme d'abord. La femme le suivait. À son entrée, elle avait jeté un regard circulaire dans la salle. L'homme l'avait débarrassée avec empressement de son imperméable. Il avait commandé du champagne, puis ils étaient restés silencieux, à consulter la carte. Le menu des Chaînes d'Or est un peu chichiteux : des carpaccios, des chiffonnades.

C'était un jour de semaine ; la salle était aux trois quarts vide. Deux ou trois tables dont les occupants avaient distraitement levé les yeux à l'entrée du couple, avant que ne se réinstalle l'habituelle rumeur de conversations à voix basse, coupées de bruits discrets, du raclement des cuillers contre les plats de service, ou de l'écoulement raffiné, pétillant, de l'eau minérale. À la réception, la patronne chuchotait qu'il allait pleuvoir.

Dehors, des sternes criaient par moments. Elles rasaient le fleuve et volaient vite.

De gros nuages humides, poussés par un vent fort, envahissaient le ciel. Dès une heure, le temps s'était assombri jusqu'à obscurcir complètement le sujet des tableaux sur les murs. Des natures mortes, copies de toiles flamandes. Des chasses inspirées d'Oudry, avec des épagneuls. On distinguait à peine la trace d'huile épaisse sur une touffe de plumes, le duvet plus clair sur le ventre d'un lièvre mort.

Ils avaient pris du sandre.

Quand la serveuse était venue disposer les couverts à poisson, glisser des petits pains sur les assiettes avec sa pince en métal argenté, l'homme avait avancé la main pour prendre celle de la femme. Son geste avait été interrompu sans qu'on puisse savoir s'il avait renoncé de lui-même à un mouvement irréfléchi, ou si l'arrivée de la serveuse l'avait arrêté, ou si la femme, dans son regard, dans la posture un peu gauche et crispée de son corps, avait eu une réticence imperceptible… Elle était détournée comme si elle observait le paysage. Ils n'avaient fait aucun des commentaires que faisaient les clients, aimables, sur la vue ou le temps.

« En prenant la commande, j'avais même demandé s'ils voulaient que j'allume, avait dit la serveuse. Mais ils ne voulaient pas. Quand il fait noir comme ça, on ne voit pas le fond de la salle, j'ai toujours peur que ma vue baisse. » La serveuse avait ajouté : « C'est ce qui me fait le plus peur, ne plus voir. D'autant que j'ai un petit garçon et que je l'élève seule. Je n'ai pas de pension alimentaire. Le père est parti. »

En parlant, elle avait regagné les cuisines, et Massonneau l'avait suivie après un dernier regard à la salle. Elle s'était remise à ranger les cuillers, les couteaux, dans les différents compartiments des tiroirs. C'était un mouvement de va-et-vient qu'elle faisait avec son torchon, extrêmement vite, avec même, semblait-il, devant son interlocuteur, une soumission agacée, un peu ostentatoire.

Quelqu'un passait l'aspirateur dans une chambre de l'étage ; puis le traîneau avait heurté la plinthe, et le bruit avait repris plus loin, derrière une autre cloison. En l'entendant, on ressentait au-dessus de soi les chambres vides qu'il y avait de part et d'autre du couloir, toute la rangée de chambres vides, leurs clefs numérotées suspendues à la réception, au-dessus du bureau d'accueil, leurs fenêtres ouvrant sur la Loire — mais à cette heure de la journée, les stores baissés et les couvre-pieds identiques bien tirés sur les lits, dans des couleurs foncées peu salissantes, lie de vin ou vert olive, les lits tête-bêche de part et d'autre des cloisons, l'odeur de renfermé et de Pliz, les télévisions de modèle ancien, le boîtier de la télécommande posé sur la table de nuit, sous l'applique, les salles de bains éteintes, les lavabos passés avec une crème javellisée, les échantillons de shampooing turquoise sur la tablette nue, nettoyée à l'éponge, les verres à dents dans des pochons de plastique. Quand on pensait aux choses, à la terrible ténacité des choses, la vie des hommes et leurs mobiles paraissaient presque insignifiants.

Massonneau s'était appuyé à un tabouret. D'où il était, il voyait des arbres nus dans la cour derrière les cuisines, des casiers à bouteilles empilés, des poubelles contre une clôture en parpaings.

« Deux ans, mon fils, avait continué la serveuse. Je l'ai appelé Léo, ça veut dire Lion. Le père s'est tiré dès qu'il a su que j'étais enceinte. »

Il n'y avait pas de rapport, ou alors, celui que voyait la serveuse était si compliqué que Massonneau n'avait pas relevé cette remarque. Il s'était contenté de répéter le prénom avec un sourire ambigu, de l'air de la féliciter. *Léo*. Aucune idée ne lui venait. Pendant tout un moment, il n'y avait plus eu que le bruit des couverts dans les tiroirs.

« Ç'aurait pu être, avait-il alors suggéré, la guidant avec précaution — prenant des gants, selon son expression, la remettant prudemment sur la piste —, un déjeuner purement amical. Avez-vous eu cette impression ? »

Mais la serveuse n'avait pas eu cette impression. Ses yeux avaient croisé ceux du gendarme : à un moment, vers la fin du repas, la femme avait soulevé son sac, y avait remis quelque chose. Un papier. Ou un sucre (certains clients ont la manie d'emporter ceux qu'ils n'utilisent pas). Ou peut-être un mouchoir.

« J'y ai pensé après, avait dit la serveuse, quand j'ai su toute l'histoire. C'était blanc. Moi je crois qu'elle pleurait sans vouloir le montrer, à regarder comme elle faisait le paysage. L'homme parlait bas, penché vers elle ; il ne la quittait pas des yeux, il avait l'air de lui faire des reproches. Je ne pouvais pas tout surveiller, n'est-ce pas ? Il y avait trois autres tables d'occupées ; j'allais et je venais entre la cuisine et la salle. Ça donnait plutôt l'impression de gens qui se retrouvent. Des gens qui se retrouvent après s'être assez bien connus. Des gens qui ont eu une histoire, et qui ne veulent pas se faire repérer. Je ne juge pas, avait dit la serveuse. On fait ce qu'on peut. Je ne juge personne. Même quand ça s'est mal terminé, on peut avoir envie de se revoir ; ça ne se commande pas, le sentiment.

La vérité, avait dit lentement la serveuse, elle l'a emportée dans sa tombe. Vous ne pourrez jamais la savoir. »

2

C'était comme si deux points très éloignés en moi venaient de se rejoindre, un vieux souvenir qui me revenait, qui remontait à travers les étages du temps. J'étais devant Massonneau, dans cette pizzeria, en face de la halle, ce décor de nappes à carreaux, de loupiotes rouges, et ces photographies du reflet de la lune dans les eaux noires du Grand Canal. Pourtant, ce qu'il m'a semblé entendre, émergeant de toutes ces années, c'était la voix de maman, un peu lasse, claire mais toujours teintée d'un reproche, d'une fatigue : « Vous ne devriez pas, Élise. Pas devant les enfants. Pas de ça devant les enfants. »

Je revoyais un soir, dans les années soixante ; je revoyais le jardin de ma grand-mère, l'étroite cour en pente, le tuyau d'arrosage étalé dégorgeant un filet au milieu du parterre parce que le robinet de la cour fermait mal.

Ma sœur et moi, nous étions assis sur la marche ; à cette heure-là, elle était tiède ; c'était l'été, vers la fin d'août. Nous avons toujours passé à N cette partie des vacances.

Ma sœur jouait avec sa poupée, et je me rappelle avec une curieuse précision le petit visage jovial de cette poupée, ses joues de plastique abricot, ses cheveux jaunes, l'inclinaison de sa tête qui pivotait comme un bouchon autour du cou.

Je ne sais plus ce que nous faisions ; désœuvrés, comme le sont plus ou moins les enfants, à l'affût de je ne sais quoi, guettant l'écran de l'énorme télévision qui s'allumait à cette heure-là derrière la fenêtre de la voisine. Je me rappelle que ma grand-mère appelait la voisine « la Casserole », peut-être parce qu'elle chantait mal.

Les fenêtres étaient grandes ouvertes pour laisser passer le bon air du soir, mais on n'allumait pas à cause des moustiques. La cour était remplie par l'ombre. Il aurait suffi de sortir, de s'avancer au bout, là où était la porte d'une remise où on entreposait toutes sortes de vieilleries, pour retrouver le jour, le ciel qui restait bleu derrière les lignes noires des fils électriques.

« La vérité, avait dit ma grand-mère, ils l'ont emportée dans leur tombe. »

Elle devait parler à maman, qui se trouvait à l'extérieur, sous la véranda, ou même peut-être dans le jardin, et je crois que maman arrosait parce que des gouttes frappaient par intervalles la paroi de verre. Maman n'avait pas répondu et je pense qu'elle n'écoutait pas ; c'était une histoire que ma grand-mère avait dû raconter bien des fois, des choses anciennes qu'elle ressassait dans le noir, en remuant ce qui cuisait dans sa casserole, refusant d'allumer à cause des moustiques.

Par les fenêtres grandes ouvertes, le bon air frais et déjà obscur du dehors semblait flotter sur les meubles. Et on les apercevait, les moustiques, comme des points dans le demi-jour, rôdant autour de nous, se posant par instants sur la poire pâle de l'ampoule de la lampe extérieure.

Ma sœur se frottait le mollet ; elle pleurnichait : « Ils m'ont piquée », dans le noir. Je me souviens que le soir était un peu humide, qu'on entendait le bruit de l'eau sur le feuillage — maman tenait le tuyau très bas, le dirigeait vers les racines. Des gouttes perdues nous touchaient les bras, une fraîcheur montait de la grappe de fuchsias, à droite des marches. Dans la casserole, l'huile grésillait, et elle se divisait en d'innombrables gouttes qui rayaient le fond, de part en part, très vite, dans tous les sens, comme le mercure. Ma grand-mère était veuve depuis si longtemps qu'elle avait l'habitude de parler seule :

« Personne n'a jamais su. Je ne sais même pas s'ils ont demandé une enquête, et ça, c'est bien un signe, quand les familles ne le demandent pas. Pourtant, la position de la voiture était bizarre, face au mur. »

Elle parlait de cet accident. Elle racontait qu'une nuit, dans les années cinquante, une voiture était rentrée dans le mur de clôture des Chamilly, à cent mètres, juste dans le virage. Des gens qui revenaient d'un bal. C'était un soir de mai très chaud. Le temps était en train de tourner à l'orage. Un orage sans pluie comme il y en a parfois au milieu du printemps quand la chaleur de la journée a été forte. Tout restait sec. Mais les éclairs filaient comme des avions qui passent le mur du son, et le tonnerre grondait à peu près à l'endroit où se trouvent aujourd'hui les cheminées de la centrale. Dans les éclairs, on voyait les choses se tenir toutes droites, surexposées comme dans les rêves ou les photos qu'on prend au flash, les croisillons des barbelés qui entouraient les champs (il y avait très peu de clôtures électriques), les vaches avec leurs dos blanchâtres, le lilas blanc, c'était la pleine saison. Les grappes très blanches, très immobiles, du lilas blanc.

Ça remuait tellement dans le ciel et dans le feuillage que personne n'avait entendu le choc.

Le conducteur était mort sur le coup. Sa passagère respirait encore.

On avait dit qu'ils revenaient d'un bal. On avait dit qu'ils conduisaient trop vite. Lui était de la Boulaye, le fils aîné. La femme, il l'avait ramassée dieu sait où. « Une drôle de situation, expliquait ma grand-mère en apportant la soupe. À table ! Lavez-vous les mains, les enfants ! Dépêchez-vous. *Une histoire clandestine.*

— C'est quoi, avait demandé ma sœur, *clandestine* ?

— Rien du tout. Pose cette poupée. Assois-toi. Je sers la soupe. Il paraît qu'elle avait dix ans de plus que lui, qu'elle avait plus ou moins abandonné son enfant. Il y a des mères, des mères... indignes ! »

Elle soulevait le couvercle par son gland de porcelaine ; elle enfonçait la louche (je me souviens de l'expression « ramassée dieu sait où »).

C'était Fantin, de la Noë-Veillard, qui les avait trouvés. Il était sorti à cause des éclairs. Il avait eu peur pour ses vaches. Il avait d'abord vu des morceaux de verre plein la route. Après, il avait vu du sang.

« Deux morts, racontait ma grand-mère, quand nous étions installés à la table, moi, à droite de ma mère, ma sœur au bout. À cent mètres d'ici. Fantin a tout de suite reconnu la voiture. Il n'y en avait pas trente-six dans la commune. On la voyait tous les week-ends à la Boulaye, quand elle passait la grille. Une quatre-chevaux noire. Lui était écrasé, paraît-il, le front sur le volant. Elle était à demi renversée, entaillée de partout par le verre du pare-brise. Je crois que Fantin l'a vue mourir. Une femme très brune. À quoi elle ressemblait, il n'aurait pas su dire. Le visage avait traversé la vitre de la portière avant.

Ils ont mis une photo à un bal costumé dans le journal du lendemain. Ce qu'ils devaient avoir sous le coude. Un article d'une demi-page, et lui, photographié en quelque chose comme le Grand Turc. Ce n'était pas très convenable. D'elle, qui était à côté, on ne voyait qu'un turban, de grands yeux très fardés et un sautoir de perles qui devaient être fausses — ou, si elles étaient vraies, vu qu'il faisait trois fois le tour de son cou, ç'aurait valu le prix de ma maison et tout le terrain qu'il y a autour, au moins d'ici jusqu'aux levées. Mais peut-être qu'elles étaient vraies après tout. Il en était capable. On a dit que pour cette femme, il était capable de tout. Ça ne leur a pas porté chance !

Ils ont heurté le mur de plein fouet. Peut-être qu'un éclair, ou la foudre trop rapprochée. Il a donné un coup de volant. Ou même une dispute. C'était bizarre, cette position de la voiture. La vérité, on ne l'a jamais sue. La Casserole en a fait des cauchemars ! Demande-lui si elle se rappelle ! Ils étaient venus la chercher pour témoigner parce qu'une de ses fenêtres donne de ce côté-là sur la route. Maïs elle n'avait rien entendu. Elle est à moitié sourde. »

Ma grand-mère riait : « Il ne faudrait pas que ça lui arrive, surtout à elle, trouver des morts en pleine nuit. Elle a une de ces frousses ! Elle boit toutes sortes de tisanes ; elle croit que ça la protège. Elle se figure qu'elle va glisser entre les trous. Pourtant, il faudra bien qu'elle y passe, comme nous tous. Oui, disait ma grand-mère, rêveuse. Je le lui ai dit bien souvent.

— Pourquoi la frousse ? disait ma sœur. Les morts, ils sont comment ? Est-ce qu'ils font d'horribles grimaces ? » En posant la question, elle se contorsionnait le visage, tirait sa langue pleine de tomate.

« Ne dis pas de sottises et tiens-toi, répondait ma grand-mère. Ils ont l'air de dormir, c'est tout. Comme toi, quand tu te couches. Finis ta soupe, s'il te plaît. Je parle de ça, il y a plus de dix ans ; ça nous avait frappés, il n'y avait pas autant de voitures. Ils ont mis la statue du Christ à l'endroit où ça s'est produit, sous le châtaignier, dans le virage. La date est gravée en bas sur le socle. Mai 59. Après, la mère s'est enfermée. C'est elle qui a payé. Le Christ. Le socle. La plaque. Elle a vendu la moitié de ses meubles. Elle n'a plus voulu voir personne. Elle a vendu même son piano, elle qui jouait tout le temps. Elle tolérait à peine son plus jeune fils. Elle est devenue à moitié sauvage. Comme si c'était la faute des gens ! Mais tous les ans, il y avait un bouquet à la date. Un petit bouquet posé sous la statue. Des roses de son parc, avec les tiges enveloppées dans du papier d'argent. Pauvre femme !

Après, l'autre fils est parti en Afrique. L'atmosphère devait être intenable. Peut-être même que c'était nécessaire parce qu'il y avait des hypothèques sur la maison. D'après ce qui s'est dit, il aurait emmené là-bas l'enfant qu'avait eu l'autre et qui leur restait sur les bras. L'Afrique, c'est loin. Ce n'est pas nous qui allions vérifier les passeports. À l'époque, les enfants naturels, on n'aimait pas trop ça. C'était certainement préférable. Il paraît que c'était une fille, un bébé qui ne tenait pas la tête droite. »

Elle poursuivait, mais d'une voix plus vibrante et plus basse : « La Casserole a revu l'aîné, un jour où elle se rendait au cimetière. C'était le soir. Il faisait déjà gris. Elle passait devant la Boulaye, et elle a vu remuer dans le parc. Au début, elle a cru que c'était la mère qui, comme toujours quand elle voyait du monde, essayait de se cacher derrière un arbre — je crois que la mère vivait encore. Mais ce qu'elle a vu, c'était un homme, elle en est sûre. Il se tenait près du perron, au bout de l'allée. Elle dit que quand elle l'a aperçu, ses jambes tremblaient tellement qu'elle est tombée à genoux, comme une masse. Elle a voulu crier. La voix n'est pas sortie. Elle était seule. Elle a cru qu'elle allait passer l'arme à gauche sans témoin. La pauvre ! elle est tellement crédule !

Je lui disais : “C'est l'autre. Celui qui est parti, celui qui vit maintenant en Afrique. Tu t'es trompée ; il doit revenir de temps en temps faire une visite, surveiller l'état de la maison ; c'est normal. C'était certainement l'autre.” Mais elle jure ses grands dieux que c'était *lui*, *le mort*, qu'elle avait reconnu sa silhouette et sa taille. Elle dit que c'était le plus grand, celui qu'on voyait autrefois dans le journal, et qu'elle n'aurait pas pu confondre. Tu la connais. Elle a des théories là-dessus. Elle dit qu'en cas de mort violente, ça s'explique. *Les âmes*, avait dit ma grand-mère, tout bas, *les âmes du Purgatoire*.

— *Les âmes ?* » avait demandé ma sœur.

Elle paraissait très blanche et très déterminée, et toute petite, parce que ne dépassaient de la table que sa tête ronde, le haut de son corsage, son cou autour duquel, avec des herbes, elle s'était tressé un collier (il ne me semble pas pourtant qu'elle ait été assise sur un siège spécial, un de ces sièges en hauteur sur lesquels on juche les enfants. Je ne revois pas le siège dans mon souvenir). Mais je revois ses mains, cramponnées à la nappe. Elle devait être surélevée par deux ou trois coussins de velours. Elle était toute barbouillée. Elle avait l'air de se maintenir à la surface de la table, à la hauteur où il fallait, de toute la force de ses mains.

« Élise, vous ne devriez pas. Pas devant les enfants, avait dit maman, de cette voix uniforme et lasse, pleine de reproche. *Pas de ça devant les enfants*. (Je savais qu'elle irait se plaindre à papa, elle dirait que c'étaient des histoires de bonnes femmes.) Vous leur faites peur. Après, ils ne vont pas dormir. C'est mauvais à leur âge. Ils ont besoin de sommeil. Il faut que ces enfants dorment. »

Elle ne disait pas « mes » enfants. Toujours « ces enfants », comme si nous n'avions pas été à la même table, mais séparés — dans sa bouche l'objet d'un discours las, préoccupé, vaguement accusateur. Elle coupait des tartines, les beurrait, et les empilait sur la table. Et elle avait montré ma sœur : « Il va encore falloir que je lui donne du Gardénal. » Et à ma sœur : « Mange correctement, s'il te plaît. Tiens-toi droite. »

Je revois ma sœur, au bout de la table, avec sa petite tête pâle, la raie blanche dont on voyait la ligne à la naissance de son front, entre les bandes plates de cheveux noirs ; je revois ses yeux mobiles d'enfant nerveuse, la poupée dont elle ne voulait pas se séparer et qu'elle couchait contre le bord de son assiette, à l'envers, avec ses bras tendus, ses doigts légèrement écartés, le renflement de la paume sale moulée dans le plastique (les noms de princesse qu'elle donnait à ses poupées, Isabelle ? Aurore ? ou Mathilde ?). Et je me rends compte, tout à coup, pour nous, les petits, c'était tellement difficile. Il nous a fallu tellement de force pour traverser ce moment.

Simplement traverser ce moment.

3

Le feu venait de passer au vert, et une voiture s'est engagée sur les pavés de la rue qui borde la grande halle.

« Juste une larme, m'a dit Massonneau, comme j'inclinais la bouteille vers son verre. Je ne peux pas faire n'importe quoi ; je suis de service cet après-midi. » Il a poursuivi en me regardant : « Dans la tombe, on n'emporte rien. Je ne suis pas du genre à me laisser impressionner par des formules creuses. La vérité était plus simple. Voilà comme j'interprétais les choses, moi : elle avait pris le train du matin à Montparnasse. Puis un car, d'Angers jusqu'ici. Personne n'était au courant. Son mari la croyait à l'autre extrémité de la France pour un rendez-vous de travail. D'après ce que je sais, les liens à l'intérieur du couple étaient très distendus, pour parler de manière diplomatique. J'ai bien vu, dès le début de l'enquête, que je mettais les pieds dans quelque chose de difficile. L'autre avait obtenu ce qu'il voulait, qu'elle vienne à ce déjeuner. Je crois que la serveuse voyait juste, qu'il y avait eu une rupture, mais que dans son esprit à lui, ce n'était pas fini. Lui espérait recommencer. De là ce déjeuner, le champagne, le sandre. Les petits plats dans les grands. Une fête, voyez-vous ; mais une fête inutile. Voilà la vérité.

Lui devait penser à elle comme avant. Sur les deux, il y en a toujours un qui se console moins vite. Il continuait à y penser quand il tirait le store du bow-window, quand il relevait pensivement le store de son bow-window à l'anglaise — voyant alors les berges et le miroir de l'eau, toujours pareils, les arbres seulement un peu plus jaunes et l'après-midi s'avançant lentement, lentement — comme un tracteur faisant toute la largeur d'un champ, comme un caboteur sur le fleuve.

Ou quand une belle flambée brûlait dans sa cheminée, son salon parfaitement installé, confortable, de gros fauteuils en cuir, le panier pour les bûches, le feu crevant le bois derrière la vitre de l'insert.

Ou quand, de sa main droite qui lâchait le volant, il orientait le boîtier automatique, le tendait face à lui, et que les deux battants de sa grille s'ouvraient sur le jardin obscur, sur le garage, en haut, au bout de l'allée de goudron, son garage bien rangé, les raquettes de tennis à droite, le baby-foot replié des enfants.

Ou quand, du même geste précis de la commande automatique vers sa chaîne installée dans un coin du salon — un meuble noir, d'excellente qualité, de marque allemande —, il déclenchait cette lumière bleue sur l'amplificateur, les vibrations de l'enregistrement dont il évaluait la qualité en connaisseur, Chopin, Schubert, Rachmaninov, pendant que l'après-midi avançait lentement, toujours ce rythme de tracteur, de bateau sur le fleuve, ici, c'est le rythme du temps. La lumière, la musique, ce ne sont que des ondes.

Mettons qu'il n'ait plus supporté, qu'il lui ait demandé de venir, qu'il ait voulu plaider sa cause. Je ne pense pas qu'il ait prémédité quoi que ce soit. Il croyait que c'était encore réversible. Il devait vivre dans cette illusion. Il croyait mettre les chances de son côté : de là le champagne et le tralala. C'est un défaut courant des hommes : penser qu'avec un peu d'argent ils obtiendront toujours ce qu'ils voudront.

C'est pendant le repas qu'il a dû se passer quelque chose. Il est possible qu'il ait été violent, ou du moins insistant. Dans les jours qui précèdent ce déjeuner, sur son répondeur à elle, à Paris, il y avait toutes sortes de messages, des traces d'appels plutôt que des messages. Manifestement, quelqu'un avait cherché à la joindre. Mettons que ç'ait été lui. On sait aussi qu'il a rappelé chez elle le lendemain du meurtre parce que cette fois, il y a le numéro du portable. C'est un argument de l'avocat, et lui-même a d'ailleurs prétendu, le jour de son arrestation, que c'était une preuve. "Pourquoi aurais-je appelé si je savais qu'elle était morte ?" C'est textuellement ce qu'il m'a dit. "Est-ce qu'on ne peut pas imaginer que les indices soient contre moi, mais que quelqu'un ait fait le coup à ma place ?" Maintenant, il ne dira plus rien, à moins d'avoir beaucoup de chance.

— Mais elle, ai-je demandé, pourquoi serait-elle venue au rendez-vous ?

— Elle ? Comment voulez-vous savoir ? Les femmes..., a dit lentement Massonneau. J'en connais une, tranquille, vingt ans de mariage, et qui a quitté son mari sur un coup de tête pour un type rencontré à la caisse du Shopi, dans la galerie marchande. Le mari me l'a raconté. C'est un ami à moi. Elle le lui a écrit noir sur blanc : C'est fini, sans complexes. Elle avait laissé une lettre au milieu de la table, posée contre son verre, en évidence. Il l'a trouvée en rentrant le soir. Elle avait pris tous ses vêtements, laissé bien nettes les étagères de sa penderie, et même acheté le pain, par réflexe. Soi-disant qu'il ne la comprenait pas. Vingt ans qu'il ne l'avait pas bien comprise. Elle voulait vivre. Voilà ce qu'elle lui a écrit. Ce type rencontré à la caisse du Shopi, où il devait acheter des pâtes et de la bière, notez bien, comme n'importe quel type qui vit seul —

le mari me l'a dit, un genre de représentant qui bricolait dans la revente de matériel informatique, un type plus qu'ordinaire —, s'était mis à représenter *la vie*... La vie ! a redit Massonneau en remuant sa fumée d'un grand geste. Elles ne savent même pas ce que c'est. La vie, c'est se battre à l'extérieur et ramasser, comme moi, sur les petites routes, des gens qui crèvent !

Mon ami a bien eu envie de leur mettre un coup de fusil, à elle et à son acheteur de bière. Le soir où il est venu me trouver, il tournait comme un lion en cage. Mais je l'ai mis en garde contre une fausse manœuvre, parce qu'il faut bien se persuader que ça ne change rien au problème. Ajouter des ennuis aux ennuis... Non, a redit Massonneau, en tirant une bouffée, moi, je crois qu'elles aiment détruire. Se détruire. Nous détruire. Tout plutôt que le calme. Tout plutôt qu'accepter une vie ordinaire. »

J'ai dit : « Pour elles, le temps passe plus vite.

— Pour tout le monde, a dit Massonneau, c'est pareil. Le reste est une question de chance ou de hasard. Appelez-le comme vous voudrez. Mais le temps est le même, et ça ne peut pas être une excuse. Ou alors, tout le monde aurait des excuses. Même ce type, voyez-vous. Même ce type.

Ce qui m'étonne, c'est la démarche qu'elle a faite chez l'agent pour mettre en vente la Boulaye. Son mari n'était pas au courant. Il m'a dit que la Boulaye coûtait cher, qu'ils n'avaient pas les moyens de l'entretenir, mais qu'elle y était attachée. Elle y tenait parce que c'était tout ce qui lui restait de sa famille. Drôle de famille ! »

4

À un moment du déjeuner, s'était rappelé la serveuse, la femme n'avait plus été là. Ce devait être vers le milieu. Son absence avait été longue — un quart d'heure ? Ou seulement une dizaine de minutes ? Peut-être était-elle descendue passer un coup de téléphone dans le hall ou se donner un coup de peigne. En tout cas, elle avait traîné et la serveuse se souvenait très précisément de l'homme seul parce que, avait-elle dit, ses gestes étaient devenus trop nets, comme si, de sa table au coin de la baie, malgré l'obscurité, il les adressait à des spectateurs invisibles, comme s'il voulait donner le change, comme s'il souffrait de ce qu'on puisse s'apercevoir de son délaissement prolongé, l'interpréter comme une marque de son indifférence à elle.

Il avait posé son portable à côté des couverts. Il le manipulait puis le posait. Il devait surveiller la progression de l'heure. Il avait commandé une autre bouteille. À ce moment, il a dû commencer à comprendre que ce ne serait pas aussi facile qu'il l'espérait.

« Est-ce qu'on peut supposer qu'elle aurait cherché à partir ? avait demandé Massonneau.

— Je ne pense pas, avait répondu la serveuse. De toute façon, il n'y a pas d'autre sortie ; il fallait qu'elle repasse par la salle ou qu'elle trouve l'escalier de service, et il n'est pas de ce côté du restaurant. »

Finalement, la femme était revenue en balançant son sac. Elle avait remis du rouge à lèvres. Rien d'autre n'avait changé en elle. De son pas élégant et pressé, le sac à bout de bras, elle avait traversé la salle pour rejoindre sa chaise. L'homme ne la regardait pas s'approcher. Il buvait.

Certaines personnes des autres tables avaient levé les yeux. Elle avait une démarche dansante, se rappelait la serveuse, comme si le poids de son corps reposait à peine sur ses hauts talons, comme si sa progression, rythmée, répondait à un chant silencieux. C'est juste à ce moment-là que la pluie avait commencé. Au moment où elle avait reparu derrière le rideau de velours qui sépare la salle du vestiaire. Les premières gouttes, dures comme des balles de petit calibre, avaient frappé la paroi. L'humidité avait été sensible, et même l'odeur de terre, une odeur qui semblait monter du fleuve, tout en bas.

La serveuse avait terminé son rangement.

Elle avait refermé les tiroirs et s'était assise sur un tabouret, face à Massonneau, les jambes croisées :

« Voilà, c'est tout. Qu'est-ce que vous voulez que je vous dise d'autre ? avait-elle demandé. Il a commencé à pleuvoir. Je ne me suis pas posé de questions sur le moment. Je ne me pose jamais de questions, par principe ; j'ai l'habitude. La patronne est très stricte. Les gens qui viennent ici ont droit à leur tranquillité. Et j'en vois de toutes les couleurs, vous savez : des couples qui ne disent pas un mot et qui se font la tête le soir de leur anniversaire de mariage. Des représentants en goguette avec des cravates à rayures et des filles qui ont la moitié de leur âge. Je sers. Un point c'est tout. Moi, ça ne m'intéresse pas, la vie des autres. Ce que je voulais, c'était juste un mari et mon petit garçon. Mais ça ne tourne jamais comme on veut, on dirait. Et je ne parle pas, quand le petit est né, des réflexions ! »

Léo, s'était souvenu Massonneau.

Baissant les yeux, un peu gêné, il avait regardé les escarpins modestes, confortables, bas, à talons carrés, serrés par une bride sur le cou-de-pied, les chevilles un peu fortes, la jupe noire en tergal.

Une gosse, m'avait-il dit. Une gosse sortant de son apprentissage. Le genre de fille à fréquenter à dix-sept ans le Black and White et à se laisser embobiner par le premier venu. C'était facile d'imaginer sa vie : la solitude, le soir, quand elle avait fini ses heures, quand le petit était couché avec le linge qu'il suçotait et les nounours rangés sur les étagères de sa chambre. Elle devait mettre beaucoup de bonne volonté, faire tout ce qu'il fallait, acheter des peluches dans la galerie marchande. Il y en a pour toutes les bourses, même pour ceux qui ont moins de chance, des peluches fabriquées en Chine, pas chères, mais quand même douces ; les petits ne font pas la différence.

Pendant sa journée libre, elle emmenait le bébé au bac à sable ; il y en a un, au bord de la promenade, avec un toboggan. L'enfant emmitouflé comme un petit cosmonaute, et elle, assise sur un banc, face à la Loire, regardant le fleuve de l'air boudeur et réticent avec lequel, devant Massonneau, indifférente, semblait-il, à sa présence, elle fixait la vitre sombre des cuisines du restaurant.

Si jeune, elle devait avoir l'air d'être la sœur aînée de l'enfant, lui montrer les oiseaux qui passaient : « Oiseau », lui disait-elle. L'enfant tendait le doigt, puis il se détournait. Il tapait sur le sable avec sa pelle neuve ; ils n'ont pas beaucoup d'attention ; sa vie déjà était indépendante. Après une heure de jeu, elle le soulevait et le sanglait dans sa poussette. Il s'endormait pendant qu'elle le poussait, légèrement essoufflée, dans la pente.

Massonneau voyait la jeune femme au-dessus de l'évier blanc. Il n'avait pas besoin de la regarder directement ; il l'apercevait dans la vitre, sous la lumière banale et crue du plafonnier. Elle avait les jambes repliées, les talons appuyés sur la barre du tabouret, elle paraissait pensive.

« Même en criant, avait-elle dit soudain, ç'aurait été certainement inutile. Qu'est-ce que vous en pensez ? La maison est trop isolée. Je veux dire : même si elle avait crié fort.

— Oui, avait reconnu le gendarme. C'était certainement inutile. »

Elle avait encore demandé : « Il l'a tuée à bout portant ? Vous croyez qu'on souffre ?

— Ça va extrêmement vite, avait dit Massonneau, gêné. Surtout, vu la distance de l'arme, le point où elle était touchée, au front. Je crois même qu'il y a eu plusieurs balles. Donc, avec plusieurs balles… Mais je ne peux pas dire ; personne ne peut le dire. Ce sont des choses trop compliquées pour nous. » Il pensait : une torture inutile. « Moi, je dois répondre à des questions simples. Mon travail, c'est de trouver un coupable. » La vérité, s'était-il dit. La vérité.

*

« Crier ! a redit Massonneau en acceptant encore le vin que je venais de lui servir. Vous avez vu le désert autour de la maison ! Qui voulez-vous qui l'entende ? Surtout avec ce qui tombait dehors. Les morts dans le cimetière à côté ? Ça lui aurait fait une belle jambe ! »

Il a bu le verre d'un trait.

J'ai vidé mon verre moi aussi. Je pensais à ce que j'avais lu, quand, fraîchement arrivé au musée, j'avais dû faire cet important travail sur les archives : les cris affreux de Madeleine Dorlémont, lorsqu'elle avait mis au monde son premier enfant, une nuit du printemps 1880. Nous le savons par le journal que tenait sa sœur Louise. Par ce journal, nous savons aussi que la grossesse ne s'était pas très bien passée. Il faisait chaud cette nuit-là. Pour donner de l'air, on avait ouvert les fenêtres du rez-de-chaussée et du premier étage, là où était la chambre, à l'emplacement de l'actuelle salle 9, et les cris s'entendaient de très loin, dans le parc, jusqu'au petit embarcadère en lattes de bois d'où partaient au printemps des équipées sur l'île. Madeleine ne devait plus jamais se joindre à ces promenades pendant lesquelles elle avait toujours peur de se noyer. Au dire de sa sœur, c'était une jeune femme anxieuse et fragile. Elle était morte après la naissance de l'enfant, vers le matin.

Dans le mois qui avait suivi, Clara, sa mère, avait passé commande du portrait exposé dans la salle à manger, ce qui me persuade aujourd'hui que cette toile est un mensonge, une adroite reconstruction de la réalité. Probablement, il n'y a jamais eu de bal. Il n'y a jamais eu ce bal précis dont semblent témoigner sur le tableau l'apprêt lumineux de Madeleine, sa belle robe décolletée de satin crème, son éventail.

Le peintre était un ami de la famille ; il travailla de mémoire. Peut-être en s'inspirant du daguerréotype que j'ai trouvé dans les papiers, cet ultime cliché de la morte étendue sur son lit, les cheveux dénoués, le visage couvert d'un mince tulle dans lequel je crois bien reconnaître la matière de l'écharpe que l'éclatante forme du tableau laisse glisser sur ses poignets.

Les sœurs se ressemblaient. Peut-être aussi Louise servit de modèle pour le tombé des plis. Ce que je sais, c'est que Clara voulut effacer cette nuit de printemps, remplacer sa fille morte par un bal imaginaire. Il n'y a de vrai dans ce portrait que la branche de lilas posée à gauche du corps, à hauteur de la main gantée (on l'a probablement coupée dans les buissons du parc). Le peintre l'a traitée comme aurait fait Manet, en épaisses et voluptueuses taches claires sur la matière mate du fond noir.

5

Aux Chaînes d'Or, depuis qu'elle était revenue dans la salle à manger, depuis que, posant son sac, elle s'était rassise à cette table du fond contre la baie vitrée, tournée vers le grand paysage obscurci dont l'homme lui avait laissé, par galanterie, la meilleure part, la pluie avait pris son rythme de croisière. Une averse violente qui bouchait l'horizon, saturait les égouts, trempait la bâche turquoise qui couvrait la piscine, en contrebas, à côté des chambres récentes et d'un meilleur standing que l'établissement a ouvertes.

L'eau crépitait sur la terrasse, pénétrait les parterres, ployait les roses décolorées, courbait les hampes des queues-de-renard et des cannas. Elle ruisselait sur des chaises de jardin qu'on n'avait pas voulu rentrer (quelquefois, il fait encore beau à la fin de l'automne. Il arrivait que des clients choisissent de déjeuner dehors vers la fin de l'arrière-saison, ayant, contre le mur qui réverbérait le soleil, encore une illusion d'été).

Le premier étage de Stanislas s'était allumé. Les cours de l'après-midi avaient dû reprendre.

À la table un peu en retrait, contre la fenêtre, l'homme s'était remis à parler bas ; il se penchait vers la vitre embuée que heurtaient des débris de branches et des feuilles ; la femme l'écoutait. Par moments, elle semblait présenter une objection avec lassitude. Il avait commandé une nouvelle bouteille. Elle l'avait laissé faire sans réagir mais elle ne buvait pas. On s'était approché de trois heures. Les autres tables avaient réglé leurs additions. Les clients s'en allaient. À l'office, le cuisinier et l'apprenti protestaient contre leur sans-gêne.

La serveuse avait dit : « Quand j'ai apporté les cafés avec des chocolats, on n'y voyait pas à dix mètres. Il y avait de grandes rafales ; des feuilles sont tombées par paquets. J'ai posé les cafés. J'ai aperçu des gens qui couraient sur la route, en bas, en essayant de se protéger la tête sous leurs imperméables. J'ai pensé à mes draps que j'avais étendus le matin. C'est toujours pareil. Dès qu'on étend, il pleut. C'est vraiment la fatalité. »

Elle avait cherché le mot et elle n'avait trouvé que celui-là, déplacé dans la circonstance : « L'automne », avait-elle murmuré. Elle avait eu un geste vague : « Je me souviens que je suis retournée voir dans la cour. Le cuisinier partait. Il m'a dit qu'il avait droit à sa pause. Je l'ai regardé faire sa marche arrière sous un déluge. Je commençais à trouver le temps long, mais dans le métier, on ne met pas les gens dehors, surtout quand ils consomment. Je suis revenue dans la salle. J'ai allumé le lustre, juste pour faire quelque chose. J'ai vu que la femme avait remis son imperméable sans l'enfiler. Elle l'avait simplement jeté sur ses épaules. Lui continuait à boire d'un air absent. Je suis revenue débarrasser une table pas très loin d'eux. J'ai entendu ce qu'il lui disait. Je n'écoutais pas vraiment, mais j'ai tout de même entendu, vous savez ce que c'est, il parlait fort, comme les gens qui ont bu et qui perdent un peu le contrôle. J'ai entendu : "C'est trop facile. C'est beaucoup trop facile. Tu crois toujours qu'on est là pour t'attendre, pour t'excuser. Un jour, je te préviens, il n'y aura personne." Elle a répondu : "Je le sais."

Ses mains à lui tremblaient quand je lui ai présenté l'addition. Il a tout réglé en liquide, un paquet de billets qu'il sortait de sa poche. Il m'a laissé un gros pourboire, le plus gros de la journée. »

*

Quand ils étaient sortis, il était bien au moins quatre heures. La pluie continuait. L'homme s'était dirigé vers sa voiture, directement. La femme était sortie à pied, par le portail. La serveuse avait dit : « Il ne l'a pas raccompagnée. Il pleuvait quand même fort ; c'est une des choses que j'ai trouvées bizarres. »

Elle avait rapidement atteint la promenade qui mène à l'entrée des remparts : « On est à cinq minutes, avait dit la serveuse. Le temps que je plie la nappe, j'ai vu son parapluie juste au niveau du pont. Elle avait dû marcher à bonne allure. Les nuages s'étaient un peu déchirés. Elle se penchait pour regarder le fleuve. Du moins, je l'ai pensé, parce que le parapluie était orienté vers le bas, mais peut-être qu'elle l'inclinait seulement à cause du vent. » Sur le pont, ça devait souffler fort. La Loire est large à cet endroit comme un bras de mer. L'eau était noircie par la pluie, grosse, traversée de ruisselets gonflés et secouée par le courant comme un torrent de montagne.

Des phares trouaient la pluie, à intervalles réguliers. Les voitures soulevaient de grandes ailes de boue et d'eau brillante. Le temps, avait dit la radio allumée en cuisine, allait s'améliorer le soir.

La serveuse avait éteint la radio juste après le bulletin météo quand elle avait fini de débarrasser. Du temps avait encore passé avant que la voiture de l'homme ne se présente face au portail. La serveuse l'avait reconnu, penché derrière le mouvement des essuie-glaces. Ce qu'il avait fait entre-temps ? Peut-être il s'était reposé. Le parking était vide. Juste la camionnette du service. C'était l'heure creuse. Et d'ailleurs, il avait beaucoup bu, bien trop pour prendre le volant.

Roulant au ralenti, la voiture s'était engagée dans l'allée. Elle avait longé le tennis, en contrebas du restaurant. Elle était restée un moment à l'entrée, arrêtée entre les battants de la grille, comme si le chauffeur hésitait sur la direction. À peu près à ce moment, le car scolaire était passé. Quand la route était redevenue vide, la Rover n'avait pas bougé ; ses phares éclairaient toujours le talus face aux grilles. Dans le paysage sombre et luisant, c'étaient les deux seuls points où on pouvait mesurer l'intensité de la pluie, la densité des gouttes fines, comme dans deux petits échantillons suspendus au-dessus de la route.

Finalement, l'homme avait tourné à droite, dans la direction de Lozeray.

Lozeray, c'est très joli ; il y a un parc aménagé en bord de Loire avec des saules pleureurs, des cygnes, et les restes d'un vieux couvent. C'est à Lozeray aussi que passe la voie ferrée le long de l'ancienne gare avec ses volets rouges, ses encadrements de briques, très basse. L'exploitation de la voie a cessé mais on en voit encore la trace. Les gens d'ici l'appellent « la ligne ».

Il a roulé jusqu'à Lozeray. Le témoignage du propriétaire du bar-tabac *Les Deux Coqs* a permis d'établir ce point. Le patron se souvient d'avoir vu manœuvrer la voiture ; il était même sorti sur le seuil de sa porte parce qu'il avait eu peur qu'elle n'arrose ses affiches en roulant dans une flaque. Son témoignage était précis. Lui aussi avait aperçu l'homme derrière le mouvement des essuie-glaces.

C'est sans doute là, pense Massonneau, que quelque chose s'est produit. L'homme a donné un coup de frein. Il a fait demi-tour sur le terre-plein sableux en demi-lune devant le bar-tabac *Les Deux Coqs*. Il a manœuvré brusquement. Quand il est repassé en marche arrière, il a chauffé l'embrayage, et la voiture a fait un bruit au démarrage comme aiment faire les jeunes. C'est ce qui avait déplu au propriétaire du bar-tabac *Les Deux Coqs*. Avec sa grosse voiture, celui-là se croit tout permis, voilà ce qu'avait pensé le patron. S'il croit qu'il m'impressionne.

Il a refait le chemin en sens inverse. La voiture était en excès de vitesse sur la route départementale. Il lui a fallu dix minutes, pas plus. Les premières lumières s'allumaient dans les quelques maisons espacées le long de la route, plusieurs villages, des suspensions dans les cuisines. Quand il pleut ici en automne, le soir tombe comme dans les villes du Nord.

Il est passé le long du cimetière, dont il a dû apercevoir la grille, les pots de chrysanthèmes, encore enveloppés dans du journal trempé, le monument aux morts, dont le granit clair ressortait sur le ciel.

Il est arrivé devant le parc de la Boulaye. Les grands marronniers trempés de pluie perdaient beaucoup de feuilles. La reprise d'une grosse averse l'avait forcé à ralentir.

Il a dû obliquer, engager sa voiture à l'orée du chemin étroit qui longe le mur latéral du cimetière, ce petit couloir toujours sombre que nous empruntions autrefois, probablement gratté sur des parcelles contiguës, prélevé par la commune, âprement disputé, comme en témoigne le cadastre, entre la terre de la Boulaye et celle des morts. Des feuilles du parc en jonchaient le sol à cause de la légère obliquité de la pluie. Et les mêmes feuilles des marronniers du parc, celles qui étaient poussées un peu plus de travers — il suffisait d'un petit décalage en plus — franchissaient ce mur ; elles allaient choir sur les tombeaux, sur les pots de chrysanthèmes neufs. Elles étaient de la couleur rousse des fleurs humides.

Il n'a pas pu s'engager dans le chemin. Il a roulé difficilement à cause du sable. Les roues ont patiné dans la manœuvre. Sa carrosserie a froissé des arbustes. Il a coupé le contact. Quand les phares se sont éteints, la pluie a continué à tapoter comme des doigts sur le pare-brise. Un moment assez long a passé, une ou deux heures — ce qui, a précisé Massonneau en comptant sur ses doigts, nous mène aux abords de six heures, six heures et demie.

« Nous en sommes là de la chronologie pour ce qui est à peu près sûr ; le temps se calme un peu ; la pluie devient moins régulière. La femme sort du musée ; elle a dû n'y passer qu'une demi-heure. Elle fait le chemin à pied, à la nuit tombée, sur la route. Elle a le vent dans le dos, elle marche vite, en tenant son parapluie derrière elle. Il l'a peut-être vue rentrer. Cela, on ne peut pas l'exclure. Il a peut-être repéré la tache claire du parapluie, l'entrebâillement de la grille.

Il a dit qu'il ne se souvenait de rien et, avec ce qu'il avait bu, il y a certainement un fond de vrai. Il a dû s'endormir encore. Quand il s'est réveillé, derrière des branches que remuait le vent il pouvait voir les fenêtres éclairées du rez-de-chaussée de la Boulaye comme vous me les avez décrites : trois pièces — deux éclairées directement (les deux fenêtres du salon), la troisième éclairée de biais.

Les rideaux n'étaient pas tirés. De nuit, le parc est inquiétant. Je pense qu'elle n'était pas tranquille. Elle devait éprouver le besoin de surveiller l'extérieur. Les trois lumières sur la façade allongeaient la base des premiers troncs de l'allée, ceux qui sont en bordure, tous du même côté sur le sol, des raies noires larges et courtes, couchées à l'oblique, plus épaisses que celles d'une grille. L'ombre portée était très courte. Mais c'était suffisant pour qu'il puisse s'orienter dans le parc sans lampe de poche, reconstituer l'emplacement de l'escalier, celui d'une porte latérale qui donne accès directement à la cuisine. C'est une cuisine ancienne, carrelée, située à l'entresol. On y descend depuis le couloir de l'entrée, par quelques marches. »

*

Massonneau a sorti un feutre et il s'est mis à griffonner un plan sommaire sur la nappe en papier de la pizzeria : quelques traits, un rectangle pour la façade, des griffures comme celles d'un code barres symbolisant la porte principale, les fenêtres, le ballon d'eau sur le côté, et, dans l'angle, cette petite porte donnant accès à la cuisine.

« Vous connaissez le parc ? m'a-t-il demandé. Vous y êtes entré, je suppose ? Tous les gamins d'ici y sont entrés en fraude. Je sais que vous l'avez peint. J'ai même eu la curiosité de voir vos toiles. Je vous avoue que certaines m'ont beaucoup plu. Vous avez saisi quelque chose. L'abandon. Le noir de la végétation. L'obscurité, celle des forêts. La géographie n'est pas toujours exacte, mais il y a une marge, bien sûr. Les artistes ne voient pas le monde comme il est. Certains voient des feuilles roses et des femmes qui n'ont qu'un œil. Picasso, a dit Massonneau en souriant. Celui-là ! »

Je n'ai pas répondu. Je n'allais pas me mettre à discuter de peinture.

En fait, j'étais entré à la Boulaye plusieurs fois, mais seulement quand j'étais enfant. Du temps de la fille, ils n'invitaient personne. La « tante » allait très mal ; elle riait toute seule, bougeait ses doigts comme si elle avait eu devant elle un clavier. Elle n'était, comme on dit, plus présentable, et personne ne mettait les pieds là-dedans.

La première fois, c'était pour vendre des calendriers. On s'y prenait très tôt pour les calendriers de Noël parce qu'on avait besoin de récolter des sous pour la kermesse de la paroisse. On les vendait l'après-midi après la classe. C'était toute une expédition, surtout pour une maison à l'autre bout de N, le long de la départementale. Il fallait se méfier des voitures qui roulaient vite.

Ce jour-là, j'étais seul. La femme de la maison m'avait paru vieille. Je ne revois pas son visage. Je sais seulement qu'elle avait mis du temps avant d'ouvrir. Quelques minutes après, un chien était venu. Une sorte de griffon qui avait reniflé mon short et s'était couché sur le seuil. J'avais présenté mes calendriers et la femme avait eu un léger soupir. Elle m'avait demandé, je me souviens : « Quel est celui que, toi, tu préfères ? » Il y avait un labrador et un caniche, des chats siamois dans un panier et un car de pompiers. Un choix classique. « Je les aime bien tous », avais-je dit.

Mon père voulait que je sois poli et, quand on est poli, on n'a pas de préférence. Elle avait mis un temps qui m'avait paru infini pour aller jusqu'à son buffet. Je l'entendais glisser sur des patins. Il devait y avoir du parquet dans les chambres. Puis j'avais entendu remuer des tiroirs. Elle devait chercher sa monnaie. Si elle n'en avait pas, elle me dirait de revenir et la vente serait perdue. Je connaissais la chanson par cœur. Finalement, j'avais entendu le glissement des patins et la femme s'était tenue devant moi. Elle m'avait tendu des bonbons qu'elle avait dû chercher dans sa commode. Elle souriait.

« Prends-en deux. Plus, si ça te fait envie. Qu'est-ce que tu veux que j'en fasse, moi ? Je n'ai pas besoin de bonbons ; je n'en mange plus ; c'est mauvais pour mes dents. Je suis trop vieille. »

C'était cette sorte de bonbons acidulés qu'on ne trouve plus, imitant les quartiers d'un fruit. Quand on les rassemblait, on pouvait reconstituer le citron ou l'orange, tout rond, dur et sucré, de la grosseur d'une mandarine. À rester dans la boîte, ils avaient pris un goût de fer.

Pendant que je suçais un faux quartier d'orange, un moment doux, un peu incertain, s'était installé. La femme regardait les calendriers ou elle faisait semblant. Il y avait du vent. C'était une belle journée d'automne qui sentait le marron, le cartable neuf, le géranium, avec des taches floues de lumière un peu partout. Les feuilles commençaient seulement à rougir.

Par moments, des marrons se détachaient et tombaient dans l'allée en entraînant des bouquets de feuilles. On entendait le bruit d'une pendule quelque part, à l'intérieur ; il venait du fond de la pièce. Tic tic tic. Sur le mur en face de moi, au centre d'une gravure, sur fond blanc, le Christ désignait son cœur d'un air sévère. J'avais eu l'impression que le cœur faisait tic tic tic dans le silence troublant de la maison qui sentait la fumée, comme si on venait de faire du feu — une odeur triste et refroidie de cendre. Mais c'était peut-être mon cœur qui battait. Ni la femme ni le chien n'avaient l'air de l'entendre.

« Tu sais, avait repris la femme tout à coup, j'avais un petit garçon autrefois ; il aimait beaucoup ces bonbons quand il avait ton âge. Je les achetais pour lui. J'en ai toujours. Quand il était petit et qu'il regardait quelque chose, il était tellement concentré que ses cils ne bougeaient presque pas. Il avait l'air de réfléchir. Il était sage. Toujours, je me suis demandé à quoi il pensait et, tu vois, je ne l'ai jamais su, même pour mon propre petit garçon. »

Elle a fait une drôle de grimace. J'ai attendu, comme si une guêpe m'avait tourné autour, mais elle n'a pas pleuré et elle a demandé avec sa voix normale : « Toi, tu as un petit frère ? » J'avais dû décoller ma langue de la surface gluante du bonbon. J'avais dit : « Non. Je n'ai qu'une sœur. Elle est pénible. »

Il me revient un autre souvenir de la Boulaye, un jour de neige. Je revois la façade étrangement dénudée, mate et grise, comme posée sur un drap blanc, les fenêtres, fermées de rideaux qui, par contraste avec la couche éblouissante, semblaient grisâtres. Les statues aussi semblaient grises. Une mince feutrine immaculée pâlissait la pente bleutée des ardoises. Un peu de fumée sortait des cheminées étayées par un X. Par moments encore, de petits flocons tombaient, à peine plus gros que des grains de riz.

Nous étions arrivés à la propriété en passant à travers les champs. Ma sœur était montée sur la partie à demi effondrée du mur. Elle riait, battait des mains, en essayant de se maintenir en équilibre. Finalement, après m'avoir nargué, elle avait sauté dans le parc, et je la revois, courant vers la maison à toute vitesse. Je lui criais : « C'est défendu ! Il y a un chien. Tu vas te faire mordre ! » Mais personne n'était sorti. La femme devait nous observer derrière ses rideaux gris. La folle, comme l'appelaient les gens.

Ma sœur riait. Ses bottes de caoutchouc larges comme des pots de fleurs enfonçaient jusqu'au genou et faisaient de larges trous dans la neige. Finalement, moi aussi, j'avais escaladé le mur. Je me souviens de l'étrange impression d'interdit qui me serrait le ventre. Le parc m'avait semblé d'une profondeur immense. De mes moufles, maladroitement, je raflais la neige à portée ; je formais des boules aussi lourdes que du sable. J'en avais lancé une contre la hanche d'une statue.

Je me rappelle que nous avions couru entre des arceaux de branches d'un blanc éblouissant, que nous étions arrivés jusqu'au fleuve.

6

Aucune porte n'a été forcée. Mais il devait avoir une clef. Négligents comme ils l'étaient tous, il y avait certainement des années qu'ils n'avaient pas modifié les serrures.

Il a surgi devant elle alors qu'elle lisait à la table. L'avait-il prévenue ? Était-ce l'appel qui avait sonné à l'étage du musée pendant l'après-midi et que Christiane avait interrompu ? Est-ce qu'elle l'attendait — ce qui paraît peu vraisemblable ? Est-il entré par cette porte latérale de la cuisine, comme Massonneau en a acquis la certitude ?

Ce qui est sûr, c'est qu'il pleuvait toujours, que les feuilles recevaient toujours la même charge, ce même dépôt de l'eau, monotone et menu, et qu'avec tout ce bruit dans la nature, il était impossible d'entendre quoi que ce soit. Il a dû traverser le parc droit devant lui, contourner le halo lumineux des fenêtres et arriver au mur, trempé jusqu'aux chevilles.

Il y avait des fougères, elles avaient envahi les pelouses, et de petits mousserons, beiges, tendres comme des oreilles de souris.

Elle lisait à la table de la salle à manger ; elle remplissait (d'après ce qu'avait déduit Massonneau) un formulaire de la Sécurité sociale, cochant les cases sans réfléchir et sursautant quand le vent remuait des choses sur le toit. Il paraît qu'aux alentours de huit heures elle avait appelé son mari sans donner de raison spéciale et que sa voix était bizarre. Elle n'avait pas parlé de N, ni de la Boulaye. Un hôtel, avait-elle dit, simplement. Elle avait dit aussi qu'elle était seule.

La pièce était très froide et elle s'était entortillée dans un vieux châle en laine des Pyrénées qu'elle avait tiré d'une armoire.

Elle avait jeté ses affaires un peu partout, cherchant, comme on le fait quand on est seul, à occuper au mieux l'espace. Il ne devait pas y avoir de télévision. À la Boulaye, il n'y a jamais eu de télévision. Personne ne s'est occupé de l'installer. Le piano avait été vendu. En revanche — Massonneau me l'a confirmé — il restait sur le mur de la salle à manger, en face d'un paysage à l'huile très encrassé, cette gravure de sacristie que j'avais remarquée autrefois, sur laquelle le Christ, écartant son manteau bleu roi, montre son cœur d'un air sévère.

Sans doute, elle avait pensé bien des fois se débarrasser de cette vieillerie, la donner dans un lot à la kermesse de la paroisse. C'est le genre d'image qu'on trouve, posée sur le trottoir dans les brocantes de quartier, entre des chandeliers, des assiettes à gâteau, des gravures représentant des Bretonnes en coiffe, des Vierges de Lourdes en plastique qui ont contenu *l'eau du gave.*

Mais maintenant, de toute façon, c'était fini, elle était décidée à tout vendre, bazarder la maison. C'était la dernière nuit qu'elle passait là, accroupie devant le buffet, cherchant cette photographie qu'elle avait promise à l'agent immobilier Colnay, essayant de désincarcérer un tiroir dont le bois avait joué en raison de l'humidité.

Un filet d'eau coulait devant une des fenêtres et il faisait le bruit usant, désagréable, d'un robinet qu'on n'aurait pas fermé.

Elle avait dit qu'elle repasserait dans la soirée et, pour cette raison, l'agent immobilier Colnay attendait lui aussi. Il l'avait attendue bien au-delà de l'heure de fermeture, et maintenant il hésitait, se demandant s'il était opportun de la rappeler si tard, debout face à la vitre. Lui aussi regardait la pluie tomber et il faisait si noir qu'il avait l'impression qu'elle tombait seulement dans la portion étroite qu'illuminait en face de lui le cône d'un réverbère. Pourtant, partout, dans l'ombre, elle ruisselait sur les toits, sous les arcades de la galerie marchande, achevant de dépouiller le rang de tilleuls de Stanislas ; des escargots montaient contre les murs. Elle mouillait les restes d'une affiche électorale sur un panneau de la mairie, formant, dans le caniveau, une minuscule rivière qui ballottait un trognon de pomme.

Colnay ne devait pas rappeler ce soir-là.

Derrière lui, sur les bureaux de l'agence, sur les écrans des ordinateurs en veille, glissaient des clichés de maisons à vendre, les dernières qu'il avait rentrées, des maisons neuves, très blanches, certaines avec des chiens-assis et des portes-fenêtres, et aussi de longues fermes grises, des longères perdues au bout de chemins qui devaient être aussi trempés que des marais, tout ce vaste pays plat et boisé s'égouttant jusqu'aux lisières de la forêt.

La Loire montait.

L'agent immobilier Colnay pensait aux risques d'inondation des terrains. Mais il savait aussi que ce grand fleuve houleux, irrégulier, était la principale séduction de l'endroit ; il y avait une clientèle pour ces maisons anciennes, et pour celle que la femme lui avait fait entrevoir, malgré l'isolement, même malgré le cimetière, se disait l'agent immobilier Colnay. Maintenant, les gens sont évolués, ils n'ont plus ces superstitions ridicules. Et puis, ce n'est pas tout à fait mitoyen ; il y a le chemin. Un voisinage tranquille, les morts ! (il ricanait). C'est plutôt un atout. Il n'y aura jamais de constructions de ce côté. Il y avait surtout ce parc, ces buissons de rhododendrons, cette qualité de la pierre, ces statues, ce ponton sur la Loire.

Finalement, l'agent immobilier Colnay avait décidé que la limite raisonnable était atteinte ; il avait compris que la femme ne reviendrait pas. Il était trop tard pour la joindre, et d'ailleurs (s'était répété l'agent immobilier Colnay) ce n'aurait peut-être pas été très opportun.

Il avait ouvert sa porte, tendu son parapluie en avant, à l'horizontale. Le filet d'eau qui dégouttait du toit lui avait trempé le poignet. Saleté de temps ! avait juré l'agent immobilier Colnay, pendant que la femme à genoux continuait de sortir des enveloppes. Elle en éparpillait le contenu par terre sans y trouver ce qu'elle cherchait. Il n'y avait aucune photographie récente de la maison. Seulement ces clichés anciens sans intérêt pour son affaire, les fêtes d'autrefois avec ces groupes massés sur le ponton, tous les couples qui avaient participé à un bal (on avait remis le prix du meilleur déguisement à une femme qui portait un régime de bananes en papier autour des hanches, comme Joséphine Baker).

Quand Massonneau était entré dans le salon, bien plus tard, plusieurs paquets étaient répandus sur le sol, mais on ne pouvait pas dire si c'était le résultat d'une lutte, ou si la femme les avait simplement lâchés par dépit de ne pas trouver ce qu'elle cherchait.

*

Lui a nié tout en bloc. Il a simplement reconnu s'être garé dans le chemin parce qu'il se sentait mal, avoir dormi longtemps et, au milieu de la nuit, quand il s'est senti mieux, avoir repris sa route. C'est peu crédible. Il est probable qu'il a eu la tentation de la voir, qu'il est entré, qu'il a fermé la porte derrière lui, qu'il y a eu des explications, et qu'elles ont dégénéré en dispute. Il lui a fixé un ultimatum. Elle a dû dire une fois de plus qu'elle était libre.

Elle s'entêtait, et à bout d'arguments il s'est emparé d'un fusil. D'après ce qu'on a pu reconstituer, il y en avait un pendu au mur de l'escalier qui relie le couloir d'entrée à la cuisine.

Elle a commencé à reculer dans ce couloir vers l'arrière de la maison, d'autres chambres qu'elle n'avait ni chauffées, ni ouvertes — pour une nuit, ce n'était pas nécessaire. Peut-être qu'elle avait compris. Peut-être qu'elle murmurait quelques mots à voix basse, qu'elle s'est adressée à l'image sur le mur de la salle à manger : Si Tu me sauves... Mais il vient un moment où on ne peut plus être sauvé.

Elle reculait depuis qu'il avait saisi le fusil. Il n'y avait aucune chance pour qu'elle s'en sorte. Les clefs des chambres ne marchaient pas. Le téléphone était dans la cuisine. Elle le savait, c'était fini. D'où elle était, elle ne pouvait plus voir la grande vitre éclairée de l'hôtel des Chaînes d'Or contre laquelle, par une sorte d'ironie, comme je l'ai dit, à cause de cette mode qui venait d'Amérique, Halloween, on avait placé des citrouilles creusées en forme de tête ; à l'intérieur, on avait planté des bougies ; les lèvres découpées en dents de scie avaient l'air de sourire. Dans la semaine, des petites filles avaient arpenté N, déguisées en sorcières, sonnant aux portes. Elles riaient très fort, noires comme des ramoneurs, tortillant leurs jupons, très fières de leurs chapeaux pointus, auxquels avaient été collés de faux cheveux de filasse raides.

Elle a dû se cogner dans le chambranle d'une porte. Elle avait plusieurs bosses à la tête. Elle a eu le temps d'allumer le petit abat-jour qu'il y avait sur la table de nuit. Il a tiré, visant la tête. Il a tiré une seconde fois. Le corps est tombé lourdement sur le parquet, en arrière. C'était une chambre presque vide : un grand miroir noirci, une cheminée de marbre. Les coups de feu ont dû être amortis par l'épaisseur des murs, par celle des bois, par le ruissellement de la pluie. Selon le médecin légiste, la mort, instantanée, a eu lieu vers onze heures.

Après, il est resté dans la maison. Il ne l'a pas touchée. Il a dû prendre peur. Il a fermé la porte de la chambre de derrière. Il est sorti une première fois pour jeter le fusil. Puis il s'est ravisé. Il n'a pas fait la bêtise d'essayer de le faire disparaître dans le fleuve. Avec la crue et la vitesse des eaux, on l'aurait retrouvé très vite. Il l'a mis dans son coffre. Il a dû l'enterrer quelque part, sous des feuilles, dans une allée de la forêt.

*

À minuit, l'éclairage orangé du clocher de l'église Notre-Dame s'est éteint. Une demi-heure après, il s'est glissé prudemment sur le seuil. Il n'avait ni fermé la porte d'entrée, ni éteint la lumière de la chambre.

Les fenêtres du rez-de-chaussée ont gardé leurs volets ouverts et la lampe allumée dans la chambre continuait à luire faiblement. Un couche-tard, pourraient penser les gens. Ou, dans le petit jour, quand se lèverait le brouillard du lendemain, quand le tracé des chemins paraîtrait entre les broussailles (c'est la première chose que le jour révèle dans la campagne toute grise, monochrome, ces chemins pâles et nets, dessinés comme par des enfants), oui, quand le jour apparaîtrait, n'importe qui pourrait penser que c'était quelqu'un qui se préparait pour la chasse, qui mangeait une tartine de rillettes sur le coin d'un évier de cuisine, quelqu'un de très matinal.

La pluie avait cessé. Le brouillard qui montait du fleuve s'étendait en nappes sur le parc. Quelques étoiles sont apparues entre les dépôts de nuages. L'air sentait la boue et la menthe.

En haut, des gens ont démarré dans la cour de l'hôtel des Chaînes d'Or. Le restaurant fermait et à l'hôtel, il n'y a pas de veilleur de nuit, seulement un digicode. La grande salle s'est éteinte. Tout le coteau a été plongé dans la nuit. Il y a eu un bruit de portière.

Il s'est plaqué contre le mur d'enceinte. Il a vu passer en hauteur, sur la route départementale, les phares jaunes de la voiture qui dessinaient la courbe de la route, le virage, puis le panneau indicateur phosphorescent avec les noms de trois communes. Les feux arrière ont disparu. La route est redevenue noire. Elle luisait presque autant que le fleuve. À cause du vent, de grandes feuilles jaunes traversaient l'air et se collaient de toute leur largeur sur l'asphalte.

Il a attendu un moment dans sa voiture jusqu'à ce que plus personne ne passe, jusqu'à ce qu'il soit encore plus tard. Il laissait se calmer le tremblement de ses mains. N était à peine visible, avec ses toits en pente. De l'eau gouttait partout, des balcons, des ardoises, des longues feuilles de poireaux, dans les jardins. Une heure a sonné sourdement. C'est inimitable comme les heures sonnent à la campagne.

*

Je me souviens d'un poème que récitait ma sœur : « *Vois la nuit est venue Une planète d'or là-bas perce la nue La brume des coteaux fait trembler le contour À peine un char lointain glisse dans l'ombre*

Écoute… Tout rentre et se repose et l'arbre de la route
Secoue au vent du soir la poussière du jour. »

Quand ma sœur récitait, elle se tenait face à la table, très droite, le ventre en avant, les yeux fixes, tournés intérieurement vers le modèle qu'elle avait recopié sur son cahier de poésie. Sa voix forte était exaltée par l'élégance des mots « planète », « char », et « nue » dont le sens nous demeurait, à tous les deux, un peu obscur. J'ai toujours cru qu'elle faisait une faute et qu'il fallait comprendre : « Une planète d'or là-bas perce la nuit. »

Elle disait : « La poussiè-reu du jour » pour bien faire entendre le rythme. Je me souviens que pendant qu'elle récitait maman épluchait les légumes. Elle avait nettoyé un coin de table pour poser le cahier ouvert, pour qu'il soit à un endroit propre. Avec le couteau économiseur, elle enlevait de fines lamelles sur les carottes ; il y avait sur la peau rêche toujours un peu de terre. Elle continuait à éplucher comme si les mots n'avaient pas d'importance. Quand la rime arrivait à sa place, elle hochait simplement la tête. On avait l'impression que ma sœur sautait l'un après l'autre des obstacles, les yeux fixes et la voix suraiguë.

Moi, je dessinais, je n'apprenais pas encore de poèmes, ou pas les mêmes, et je regardais les légumes sur la table de la cuisine, tout ce qu'il fallait pour faire une soupe. Le dessin illustrant le poème sur le livre représentait un peuplier, mais il manquait, me semblait-il, autour de la lune, le halo tremblant et blanchâtre que lui fait le brouillard. « Victor Hugo, disait ma sœur. — C'est bien, disait maman, mais elle n'arrêtait pas pour autant d'éplucher les carottes. Dans un quart d'heure, tu viendras mettre la table. »

Ma sœur me tirait la langue et montait. Quand je la retrouvais, souvent, elle coiffait cette poupée blonde qu'elle appelait Isabelle, Aurore, ou Mathilde, lui enfilait les manches d'une robe en tricot au bout desquelles on voyait ressortir les drôles de petites mains de plastique aux doigts pointus, aux pouces légèrement ouverts. J'attendais qu'elle veuille jouer avec moi, mais j'étais plus petit. Ce n'était jamais moi qui avais l'initiative. J'envoyais mes billes, sournoisement, entre ses jambes, contre ses chaussons rouges. Je m'ennuyais. À genoux sur la tablette de marbre du radiateur, je regardais la nuit, les lignes embuées des arbres, leur groupe muet et sourd, la masse sombre d'un tas de bois bâché contre le mur de la resserre, la lumière courte qui sortait de la fenêtre du cabinet médical. Le châtaignier n'avait pas encore été abattu à l'époque. Quelquefois, un chien aboyait parce que quelqu'un venait de passer sur la route. Les chiens ont peur quand il fait noir. Le chien aboyait très longtemps, bien après la disparition du promeneur. D'autres, qu'il avait réveillés, lui répondaient au loin. On aurait dit une meute. L'écho creusait le son, le dédoublait. On devait l'entendre de l'autre côté de la Loire. Je m'imaginais un voleur, un bagnard.

*

Il devait surtout redouter les chiens. Mais personne n'était venu. Aucun chien n'avait aboyé. Il avait pu redémarrer sa voiture.

Il est passé devant le cimetière. Les touffes rondes des chrysanthèmes posées sur chaque tombeau, au pied de la croix, exactement au centre, faisaient comme de grosses têtes. Il ne fallait pas se forcer beaucoup pour imaginer qu'une foule patiente et silencieuse était assise là, à attendre. Il a dû sursauter quand ses phares ont éclairé, après deux ou trois kilomètres, le Christ des Chamilly. En l'espace d'une soirée, l'immense châtaignier qui l'ombrage s'était complètement dégarni. Le socle était couvert de feuilles et de bogues crevées. Plus clair que le bosquet d'où il semblait sortir, un bras tendu — dans un geste d'apaisement ? de vague perplexité ? ou de miséricorde ? —, il ressemblait à ces statues d'empereurs romains ou de dieux oubliés qu'on trouve dans une rotonde d'arbres, au bout d'une allée de parc, qui semblent nous rappeler que nous ne sommes pas seuls, qu'au fond de la nature il existe quelqu'un qui nous attend, qui nous ressemble. Mais peut-être qu'il n'y a personne.

Maintenant que tout était accompli, l'instinct de survie le soutenait, et il conduisait souplement, attentif à ne pas dépasser les vitesses autorisées, à ne pas commettre d'erreur, à ne pas prendre trop vite les virages. Il fuyait N, roulait le long de haies déjà très dégarnies (de ce côté, il y a très peu de maisons, des champs interminables, et les points lumineux qui correspondent à des lieux-dits, assez lointains). Après Saulnières, la route s'écarte de la Loire et s'enfonce dans l'ancien bocage. À V, la rangée d'éoliennes produisait de petits éclairs clignotants et violets, sur une même ligne, à peu près au milieu du ciel. On aurait dit des avions à l'atterrissage. Mais il n'y avait pas d'avions et les grandes ailes tournaient dans le vide, un peu absurdes, comme autour d'une carlingue plantée sur un piquet. *Ici, il n'y a rien d'autre. Le sport et la télévision. Des kilomètres pour trouver un cinéma.*

Ses phares restituaient seulement, dans un large plan éclairé, les rues blanches des gros bourgs endormis, tous plus ou moins semblables, avec leurs maisons de la presse, leurs supérettes éteintes, leurs automates bancaires, leurs cimetières obscurs, et leurs faubourgs de maisons basses qui laissaient très vite place aux haies de frênes et de noisetiers derrière lesquelles il devinait, dans l'épaisseur du noir, toutes sortes de choses immobiles et solides qui s'égouttaient tranquillement de la pluie : des murs de grange, les meules rondes enveloppées dans des sacs en plastique, des chevaux dont le cou musculeux remuait dans l'ombre humide. Quand il passait devant une ferme, d'un coup d'œil il vérifiait que les volets étaient fermés, qu'aucun veilleur intempestif ne pourrait le surprendre.

Il est arrivé au péage de l'autoroute. Il a pris un ticket vers une heure trente. Les voies désertes, très éclairées aux abords du péage, encore glissantes de pluie, larges comme une piste d'aéroport, s'enfonçaient dans une nuit absolue.

Il poussait aux limites la vitesse de sa voiture, dépassant quelquefois de longs camions étroits aux plaques d'immatriculation étrangères, dont il laissait loin derrière lui le carénage mouillé, vaguement fantomatique.

L'autoroute fait une longue saignée dans la zone forestière. À quelques mètres des glissières de sécurité, les alignements de troncs recommencent. La forêt se referme, d'un noir de grotte. À intervalles, le même panneau qui représente un cerf signale la traversée possible d'animaux sauvages.

Il a fini la nuit sur une aire de repos, à la sortie de la forêt.

« Il prétend qu'il s'est endormi. Bien entendu, il n'y a pas de témoin. C'est une aire sans station-service. Juste une zone de stationnement et des poubelles. Il n'a pas pu justifier l'heure. Je me demande, avait ajouté Massonneau, s'il était conscient de ce qu'il avait fait. Quand je l'ai eu en face de moi, je me suis aperçu qu'il était obnubilé par cette femme. Il l'avait rencontrée il y a plus de quinze ans à la gare de Lozeray, quand il y avait encore le petit tortillard. Il l'avait prise en stop parce qu'elle avait raté son car ; ce premier jour, il l'avait déposée devant la Boulaye. Elle avait dit : "La grande maison, quand vous verrez le cimetière et les arbres." Comme quoi, a dit lentement Massonneau, dans une vie, il y a des coïncidences. Ou alors, je n'ai rien compris. Rien à rien. »

La fille de la pizzeria apportait les cafés ; c'était une grosse blonde aux cheveux mal décolorés. Il a cligné de l'œil et j'ai cru qu'il allait me faire une remarque du genre « Ce n'est pas pour celle-là qu'on fera des folies », mais il a simplement déchiré le papier de son sucre. « Ou alors, a-t-il dit lentement, il faudrait imaginer quelqu'un d'autre — c'est la seule possibilité. Quelqu'un qui se serait trouvé là *par hasard*, qui aurait assisté à la dispute, et qui se serait introduit dans la maison après le départ du suspect. Il faudrait imaginer que ce que prétend l'ingénieur est exact, et qu'il est innocent bien qu'il ait contre lui tous les signes. »

*

« Bon, a-t-il enchaîné sur un ton différent, on ne s'ennuie pas, mais il faut que j'y aille. Plus de deux heures ! Je suis de service cet après-midi. Ce n'est pas qu'on ait tous les jours, heureusement, ce genre d'histoire. Mais il y a la paperasserie, et, en ce moment, je n'ai pas d'adjoint. »

J'ai posé ma tasse de café. Rien ne bougeait dehors. Seulement le feu passant mécaniquement du vert au rouge. À travers les rideaux de la pizzeria, je voyais la grande halle sèche et vide (le marché n'a lieu que le vendredi). Dans la vitrine du fleuriste, la seule boutique à être ouverte ce lundi, il y avait des roses en bouton dans un vase blanc, et toujours ces Bon Dieu de chrysanthèmes, jaunes et mauves, jusque sur le trottoir, des alignements de pots sur le trottoir.

Massonneau a suivi mon regard. Comme s'il comprenait, il a dit : « La cérémonie a eu lieu à Paris ; la famille préférait étouffer l'affaire. Mais ils l'ont ramenée ici, discrètement, il y a quelques jours et ils l'ont mise avec son père — même si ce père ne l'a jamais reconnue. Il y aura toujours de bonnes âmes bien naïves pour penser qu'il est venu la chercher lui-même. Moi, je ne peux pas croire aux fantômes. Je suis comme saint Thomas : je ne crois que ce que j'ai vu. D'après ce que je sais, la maison est en vente. Il y a déjà une affiche. »

Je l'ai remercié pour son récit. Nous sommes sortis de la pizzeria et je l'ai raccompagné jusqu'à sa fourgonnette. La fourgonnette a démarré et il m'a fait un geste de la main avant de tourner en direction de la gendarmerie. Massonneau était un brave type, mais c'était difficile de savoir ce qu'il avait exactement dans la tête.

Moi, j'étais libre ce jour-là. Je suis parti à pied. J'ai pris les rues du centre. Depuis cinq ans, N s'est beaucoup étendue. Il y a une zone piétonne, des parkings, une charcuterie industrielle, plusieurs nouveaux magasins de mode dans les rues derrière la grande halle, qui exposent des tee-shirts et des pantalons bon marché. Je n'ai pas pris à droite, vers le jardin Garnier. Je suis descendu dans la direction de la gare routière, puis vers la Loire par des rues transversales pour éviter le plus fort de la pente. Quelques voitures étaient garées sur les levées.

La jeunesse a gardé l'habitude de s'y retrouver quand il fait beau. Un peu plus haut que nous ne le faisions, sur une aire accessible aux voitures. Beaucoup ont leur permis, et ils se garent sur le terre-plein, après le dernier banc municipal. Ils ouvrent les portières et ils écoutent de la musique. Mais le Black and White a fermé. Les vantaux ont été repeints. On parle de l'ouverture d'un restaurant qui transformerait beaucoup l'intérieur, utilisant comme jardin d'hiver le cercle de l'ancienne piste de danse. Je ne sais pas ce que sont devenus les fauteuils bas de velours noir. Au Black and White, tout était noir. Même le patron avait les cheveux d'un noir lustré, artificiel, presque bleuté, et un prénom faussement américain, Rock ou Dylan.

Sous le pont, la Loire tremblait un peu. Au loin, des coups de feu déchiraient l'air tranquille, imperceptiblement rouillé par le brouillard.

J'ai pris la direction de la Boulaye.

À un moment, j'ai cru entendre un bruit de moteur derrière moi sur la route. Je me suis demandé si Massonneau ne m'avait pas suivi, si son récit n'avait pas eu pour but de m'observer, d'endormir ma méfiance, s'il ne conservait pas des doutes (les criminels, me suis-je dit, qui ne peuvent pas s'empêcher de revenir sur le lieu où ils ont commis leurs forfaits, ou quelque chose dans ce goût-là. Les vieux ressorts de la psychologie dans le genre de sa théorie sur les désirs et les besoins). Je repensais à ce qu'il m'avait dit : « Ce n'est pas aux vieux singes qu'on apprend à faire des grimaces. » Massonneau était un vieux singe. Sa cigarette pouvait être une astuce pour se mettre à l'abri derrière l'écran de la fumée et étudier mes réactions.

J'ai écouté, mais j'étais seul. Ce que j'avais pris pour une voiture était le moteur d'une grue qui manœuvrait dans le jardin de l'ancienne cure dont on restaurait le portail. J'entendais les cris des enfants dans la cour de l'école maternelle. Après la grisaille du matin, le ciel était redevenu limpide. C'était un bel après-midi d'hiver et tout était normal. Des gens faisaient brûler des feuilles. Il y avait, répandue dans l'air, une fumée qui semblait venir de nulle part. Le panache blanc de la vapeur montait des tours de la centrale et il se reflétait par un petit rond, semblable à un nuage, juste au milieu du fleuve.

Avec l'hiver, on voyait la Boulaye et le cimetière de plus loin. Derrière le mur, exactement dans ma perspective, j'apercevais le haut des croix ; elles étaient nettes sur le ciel. Dans le plein jour, elles avaient perdu leur aspect gothique, et le cimetière, avec ses lopins réguliers, ses parcelles défleuries par l'hiver, avait cette tristesse vague des jardins ouvriers aux abords des villes.

La sécheresse rendait le chemin praticable. J'ai longé le mur de la propriété. Quand je me suis trouvé face à la grille, j'ai vu que les volets restaient cloués. Il y avait de plus en plus autour du lieu un air d'usure. Quelques ardoises avaient glissé du toit, et une bâche avait été tendue pour protéger les poutres des eaux pluviales. Un oiseau est parti à la verticale d'un des marronniers de l'allée, une pie, ou un gros merle. Il volait dans la direction de l'île.

Un instant, dans une sorte d'hallucination, j'ai même pensé que rien n'avait eu lieu, que j'allais la revoir, qu'elle allait se trouver simplement au bout de l'allée de marronniers, qu'elle marcherait entre les arbres nus, qui ne faisaient pas d'ombre par cet après-midi d'hiver, qu'elle porterait ce trench resserré à la taille. Je me souvenais de ce mouvement indifférent, gracieux, qu'elle avait toujours eu en balançant son sac, ce quelque chose qui remuait autour d'elle, comme elle avait aimé danser. Se consumer toute vive, et perdre un pauvre type qui s'était fait du cinéma, qui avait dû penser à elle, le soir, quand il sortait de son bureau à la centrale, quand il longeait la Loire dans sa Rover, quand il sortait après le repas dans son jardin fumer une cigarette. (Je voyais le petit bout rougeoyant, lui, faisant les cent pas, ouvrant d'un geste nerveux son portable, formant le numéro qu'il connaissait par cœur, tandis que l'humidité du soir, cet air frais de l'automne pénétrait la végétation augmentée par l'obscurité, et qu'il restait sur N, sur la campagne, dédoublée par la Loire, cette nappe de grand ciel clair sur laquelle les barques paraissaient noires.)

Je revoyais celui qui l'avait accompagnée autrefois, cette fin d'après-midi d'été où elle était tombée de vélo et venue sonner chez mon père — ce grand type silencieux, mal à l'aise. Il la soutenait dans le couloir pour qu'elle monte les deux ou trois marches. Il était resté debout sans s'asseoir, le dos tourné, planté à côté du petit abat-jour que mon père laissait toujours allumé, pendant que la fille, derrière lui, pleurait doucement sur sa chaise, le sang coulant de son genou, perdue dans une douleur lente et lointaine, aussi inexplicable que l'était son allégresse à danser.

Marie-Hélène, je me suis dit. Marie-Hélène.

En avançant vers le cimetière, j'ai trouvé l'écriteau. Massonneau était bien informé. La pancarte avait été attachée par une chaîne au milieu de la balustrade : « Propriété à vendre. » Il y avait un numéro en grosses lettres. Je me suis dit qu'un Anglais finirait par acheter la maison — ils ont l'argent pour ça — et que personne ne lui dirait la vérité. Les gens de N ne sont pas liants avec les étrangers.

Il brûlerait les photographies, les papiers. Il nettoierait le parc ; il le débarrasserait de ses fougères.

L'histoire était finie.

L'herbe était terne, usée comme elle l'est toujours en hiver, mêlée de gravillons, couverte d'une infinité de petites feuilles roulées en boule. Les bras des joueuses de palet semblaient blancs dans ce soleil malade, poudreux, d'après-midi, la pierre usée avait la matité du plâtre. Tout un moment, j'ai observé la plante de leurs pieds retournés dans le mouvement de la course, leurs bras tendus, leurs lèvres entrouvertes sur un plaisir indéfinissable, l'éclairage pâle que faisait le soleil.

Puis j'ai contourné la maison. J'ai pris le chemin entre les murs et je suis descendu jusqu'au fleuve.

DU MÊME AUTEUR

Aux Éditions Gallimard

L'HEURE EXQUISE, coll. L'Arpenteur, 1998

LE TEMPS DES DIEUX, coll. L'Arpenteur, 2000

LES KANGOUROUS, coll. L'Arpenteur, 2002

CE QUI S'ENFUIT, coll. L'Arpenteur, 2005

QUELQUE CHOSE À CACHER, 2007 (Folio n° 4964). Prix des Deux Magots 2008

Chez d'autres éditeurs

LA VILLE, *Arléa,* 1996

Tous les papiers utilisés pour les ouvrages
des collections Folio sont certifiés
et proviennent de forêts gérées durablement.

Impression Novoprint
à Barcelone, le 2 novembre 2023
Dépôt légal : novembre 2023
1er dépôt légal dans la collection : septembre 2009

ISBN 978-2-07-039590-3 / Imprimé en Espagne

628214